계란찜
아빠,
꼬막남편

탁 변호사의 '저녁이 있는 삶' 이야기

계란찜 아빠, 꼬막 남편

지은이 탁경국
초판 1쇄 인쇄 2015년 7월 15일 | 초판 1쇄 발행 2015년 7월 27일
펴낸이 송성호 | 펴낸곳 이상북스
책임편집 김영미 | 표지디자인 정은경디자인 | 인쇄 미르인쇄
출판등록 제313-2009-7호(2009년 1월 13일) | 주소 서울특별시 마포구 성산동 245-9 102호
이메일 beditor@hanmail.net | 전화 02-6082-2562 | 팩스 02-3144-2562
ISBN 978-89-93690-32-3 03810

*책값은 뒤표지에 표기되어 있습니다.
*파본은 구입하신 서점에서 교환해 드립니다.
*이 도서의 국립중앙도서관 출판예정도서목록(CIP)은 서지정보유통지원시스템 홈페이지(http://
 seoji.nl.go.kr)와 국가자료공동목록시스템(http://www.nl.go.kr/kolisnet)에서 이용하실 수 있습니다.

(CIP제어번호: CIP2015017092)

탁경국
지음

계란찜 아빠, 꼬막남편

탁 변호사의 '저녁이 있는 삶' 이야기

이상
북스

변함없는 '진실함'으로
일하고 꿈꾸고 생활하는 '경국이 형'

　　1991년, 대학에 입학한 그 해에 법과대학 부학생회장이라는 탁경국 선배를 만났다. 그는 수배 중이던 회장을 대신해 실질적으로 학생회장 역할을 하고 있었다. 대학 학생회라고 하면 운동권들의 집합장소 같은 것이니 상대하면 안 된다는 말을 귀에 못이 박히도록 들은 터라 가급적 그들을 피하면서 착실하게 대학생활을 하리라 마음먹고 있었다. 그런데 이 '경국이 형'이라는 사람(그때만 해도 80년대식으로 남녀를 불문하고 선배를 '형'으로 부르는 사람이 많았다. '학형'의 준말이라는 말도 있고 오빠나 누나와 같은 호칭 자체에 권력이 있어 이를 중성화하려는 것이란 말도 있었는데, 아무래도 역시 그냥 폼 나게 부르려고 그랬던 것 같다.)은 그렇게 쉽게 피해지지가 않았다. 다른 운동권 형들과는 달리 섣불리 주입식 교육을 시도하거

나 '우리 사회의 모순이 뭐라고 생각하냐'는 식의 머리 터지는 질문
(지금 생각해 보면 겨우 두세 살 많은 사람이 뭘 더 알았겠나 싶은데 그때는 무슨 일인지 다
들 그랬다.) 아니면 '저 후배랑 친해져야겠다'는 투철한 목표의식을 숨
기지 않는 가짜 관심 따위가 없었다. 잘 모르는 어려운 이야기는 하
지 않았고, 대답하기 어려운 질문을 하는 법도 없었다.

　대신 늘 똑같은 모습으로, 진짜 웃음으로, 그냥 거기에서 늦되는
후배를 기다려주었다. 그래서 왠지 경국이 형이 무슨 질문이라도 하
면 나도 아는 척, 느낀 척 대신 진심을 얘기해야 할 것 같았다.

　2008년, 꽤 시간이 흘러 형을 '탁경국 변호사'로 다시 만났다.
2008년 가을 '일제고사'라고 불리는 전국 단위의 학력평가를 거부하
고 대신 체험학습을 했다는 이유로 해임된 교사들의 재판 과정에서
였다. 물론 그 전에 같은 민변(민주사회를위한변호사모임) 회원으로 오며
가며 인사를 나누기는 했지만, 사건을 같이 하면서 함께한 것은 그
때가 처음이었다. 민변 교육청소년위원회에서 당시 여러 교육 관련
재판을 하고 있던 형과, 노동법 문제에 매달려 해직된 교사들의 싸
움을 돕고 있던 내가 '교육 문제로 해고된 교사들'의 사건에서 만나
게 된 것이다. 당시 나는 그동안 해고 사건을 해오던 대로 징계사유
가 없다거나 징계가 너무 과중하다고 하면서 노동법의 잣대만 들이
댔는데, 형은 달랐다. 학교 현장에서 왜 일제고사가 문제인지, 교육

방향에 대한 교사들의 생각이 왜 존중되어야 하는지를 강조하면서 특히 학생과 학부모 입장에서 일제고사의 문제점을 파고들었다. 해직된 교사들을 한 덩어리로 보지 않고 한 사람 한 사람이 어떤 생각으로 어떤 과정을 거쳐 일제고사 거부 운동에 참여하게 되었는지를 재판 과정에서 보여주려고 했다. 형의 진심은 금방 교사들에게 전달되어 그들의 마음을 열게 했고, 그렇게 판사의 마음도 열 수 있었다. 덕분에 우리는 재판에서 모두 이길 수 있었다. 그때 형의 모습을 지켜보면서 교육 문제를 대하는 것 역시 경국이 형의 방식으로 그렇게 진심으로 하고 있다는 것을 알 수 있었다.

그 이후에도 형이 이 책에서 소개한 것처럼 '사교육걱정없는세상'이라는 모임에 적극적으로 참여하고 공동육아 협동조합의 이사장 역할을 하는 등 '교육' 문제를 향한 일관된 모습을 보면서, 그것이 단순히 '교육'이라는 영역을 독자적인 전문 분야로 삼으려는 직업적 관심에 그치는 것이 아니라 진짜 우리 교육과 아이들을 걱정하는 마음이라는 것을 아는 것은 그리 어렵지 않았다. 변호사로서의 직업이나 법률 전문가로서의 역할과 관계가 있는지 없는지는 형에게 중요하지 않았다. 아마 이 책에서 말하는 "어렸을 때부터 과도한 경쟁에 찌들지 않고 어린이다움을 유지하며 살아도 손해 보지 않는 세상을 만들어주겠다는 소박한 다짐"에서 비롯된 진심이었기 때문에 가능했을 것이다.

2014년, 특별검사팀의 특별수사관이나 학교폭력 전문 변호사 등으로 이름을 내며 활발하게 활동하는 것을 보며 정신없이 바쁘게 지내겠구나 싶었는데, 의외의 지면에서 다시 형의 이름을 보게 되었다. 대한변호사협회의 '일·가정 양립을 위한 변호사 수기 공모 대상.' 평소 두 아이들을 위한 마음과 시간 씀이 상당하다는 것은 알고 있었지만, 일·가정 양립의 수기라니, 그것도 대상이라니! 궁금함에 찾아본 그 글에는 경국이 형 특유의 솔직한 입담이 그대로 녹아 있었다. 단순히 직장과 가정에 들이는 시간을 나누어 쓰는 것이 '일·가정 양립'이 아니라 "가족 구성원들의 이야기를 서로 경청할 수 있는 시간이 늘어나는 것"이 중요하다는 결론은 가정과 구성원의 역할에 대해 깊이 고민하지 않으면 결코 나올 수 없는 혜안이었다. 그동안 이렇게 교육 전문 변호사로, 행복한 가정의 구성원으로, 아이들을 사랑하는 아빠로, 한 사람의 든든한 배우자로, 느끼고 생각한 것을 그대로 실천해 나가고 있다는 것은 알고 있었지만, 이 책의 원고를 받아 읽고 나서는 그 고민의 깊이에 새삼 놀라게 되었다. 그동안 형이 걸어온 길, 싸워온 일, 했던 말들이 어떤 경험에서 우러나온 것인지 알 수 있었다.

대학 때 나는 언제부터인가 '경국이 동생'으로 불렸다. 웨이브

는커녕 가르마도 없는 인디언 머리(완전 뻣뻣한 직모)와 한결같은 옷차림(무슨 패션 센스가 있어서가 아니라 옷을 안 빨아 입어서)를 하고 다녔더니 그게 경국이 형이랑 닮았다며 남들이 그렇게 불렀더랬다. 스무 살 꽃띠 여대생에게 그 무슨 망언이냐는 핀잔도 있었지만, 그때 나는 다른 어떤 별명보다 그렇게 불리는 것이 좋았다. 다른 사람도 아니고 '경국이 형'을 닮았다니! 내심 그 소박함과 솔직함까지 닮아갈 수 있기를 진심으로 바랬고, 무엇보다 큰 영광으로 여겼다.

형을 만난 지 25년, 형이 몸으로 얻게 된 지혜를 사람들과 나누고, 그것을 바탕으로 세상을 살 만한 곳으로 바꾸겠다며 덤덤하게 내놓는 책에 이렇게 '경국이 동생'으로 응원의 말을 보낼 수 있게 되다니, 다시 한 번 더없는 영광이다. 독자들에게도 그 진심이 고스란히 전해지길 진심으로 바란다.

2015년 여름
경국이 형 동생, 김진

차례

'부자 아빠, 돈 잘 버는 남편' 시대는 갔다. 이제는 '친구 같은 아빠, 부지런한 남편' 시대가 왔다. 열심히 일하면 부자 아빠가 될 수 있는 고성장 시대도 지났고, 뼈 빠지게 일만 해서는 주구장창 길어진 노년을 가족과 행복하게 보내기 어려운 문화가 형성되어 버렸다는 것을 많은 사람들이 직감하고 있다.

2012년, 제18대 대통령선거를 앞두고 손학규 후보가 내걸었던 '저녁이 있는 삶'이라는 슬로건에 많은 사람들이 환호하고 공감했던 것은 이런 시대적 흐름의 산물이라고 나는 생각한다.

그로부터 수년이 지난 지금 우리는 저녁이 있는 삶을 누리고 있는가? 혹은 가까운 장래에라도 저녁이 있는 삶을 누릴 희망이 보이는가? 적어도 우리의 자녀들에게는 저녁이 있는 삶을 누릴 수 있는 세상을 물려줄 수 있을까?

이 질문들에 대한 답이 부정적이라면, 그 이유는 무엇일까? 단순히 '저녁이 있는 삶'을 내걸었던 후보가 대통령이 되지 못했기 때문은 아닐 것이다. 우리에게 문제는 없는 것일까?

불행인지 다행인지 맞벌이 부부가 늘고 여성의 사회적 지위가 높아지면서 남성 근로자들의 장시간 근로에 의존해 고도의 성장을 이루던 과거와 단절할 필요성이 사회 전반에 제기되었다. 이제는 남성 근로자의 장시간 근로 관행에 어떤 식으로든 변화가 생겨야만 생활의 숨통이 트이는 가정이 늘어나게 된 것이다

지금 우리가 사는 저성장 혹은 고용 없는 성장 시대, 고령화 시대에는 고성장을 전제로 설계된 제도와 문화뿐만 아니라, 우리의 의식이 바뀌어야 한다. 즉 고성장 시대에 형성되었던 여러 종류의 거품을 빼고(부동산 거품은 그중 하나일 뿐이다), 거품이 빠진 자리를 지속가능한 복지 제도와 복지 문화로 채워야 한다. 우리의 일상적 삶의 거품이 빠져야 지속가능한 복지가 가능하고, 그래야 중산층과 서민이 살길이 보인다. 교육 거품은 대표적으로 빠져야 할 거품이다. 교육 거품이 빠지지 않는 한 우리에게 저녁이 있는 삶이란 요원하다. 강준만 교수의 표현을 빌리면, '전쟁 같은 삶'에서 벗어날 길이 없다.

우리는 모두 행복한 가정을 꿈꾼다. 그런데 행복한 가정을 이루기 위해 스스로 가사 및 육아에 어느 정도의 시간과 비용을 투자해야 하는지, 그러기 위해 무엇을 포기해야 하는지 등에 관해서는 별 관심이 없는 것 같다. 괜찮은 (유럽의) 제도만 도입되면 행복한 가정생활이 찾아올 것이라는 막연한 생각을 하는 것 같다. 그러나 스스로 변하지 않으면 아무리 괜찮은 제도가 도입되어도 곧바로 행복한 가정생활이 눈앞에 펼쳐지는 것은 아니다. 게다가 괜찮은 제도라는 것이 거저 얻어지는 것도 아니다. 스스로 고민하고 실천하는 과정에서 어떤 제도가 필요한지 깨닫게 되고, 그 제도를 얻기 위해 투쟁할 때 비로소 얻어지는 것이다. 하늘은 스스로 돕는 자만 돕는다.

이와 같은 뚜렷한 목적의식을 가지고 내가 살아온 건 아니다. 반대로 바로 옆의 아내와 아들들이 현재, 그리고 장래에 행복하게 사는 모습을 원하며 살다보니 위와 같은 문제의식을 가지게 되었다고 보는 것이 맞을 것이다. 그런데 그렇게 살아오는 과정에서 주위의 많은 부러움을 사게 되었고(자랑질 좀 하면, 나는 대한변호사협회에서 2014년에 주최한 제1회 일·가정 양립 수기 공모전에서 대상을 수상했다.) 내가 직접 경험하면서 갖게 된 문제의식을 전파할 필요성을 느꼈다. 그리하여 저녁이 있는 삶을 누리기 위해 내가 할 수 있는 것은 무엇인가, 우리 국민 다수가 저녁이 있는 삶을 누리기 위해 바뀌어야 할 것은 무엇인가에 관한 소박한 문제의식을 공유하고자 이 책을 쓰게 되었다.

1장에서는 내가 10여 년의 시행착오를 거쳐 현재 누리는 평화로운 혹은 평화로움을 이룬 우리 가정의 부부간 협업 사례를 가감 없이 소개했다. 2장과 3장에서는 이런 사례가 사회 전체로 확장되기 위해 우리 스스로 어떻게 변해야 하고, 사회제도 특히 교육제도는 어떻게 변해야 하는지에 대해 내 생각을 밝혔다.

4장과 5장에서는 내가 대한민국 변호사 중에서 가장 정통하다고 자부하는 주제인 '학교폭력' 이야기와 이명박 전 대통령의 내곡동 사저 특검 이야기를 소개했다. 그리고 마지막 6장에서는 어쩌면 시시껄렁할 수도 있는 소소한 이야기를 나눔으로써 내가 알고 실천하는 웃음과 생활의 지혜를 나누고 싶었다.

이 책이 행복한 가정을 꿈꾸고 이웃과 더불어 저녁이 있는 삶을 누리기를 염원하는 이 땅의 모든 사람들이 한 번쯤 읽으면 좋을 책이 되었으면 좋겠다. 그리고 일정한 주제에 관한 독자들의 안목을 높이는 역할도 했으면 더 좋겠다.

탁경국

1장

꼬막 남편의 부부간 협업 이야기

녹색어머니회 활동 중인 저자. 출근하던 아내가 학생들의 본격 등교가 시작되기 전 쯤에 찰칵!

계란찜 아빠,
꼬막 남편

현재 우리 집 구성원은 나와 아내, 초등학교 6학년과 4학년에 재학 중인 아들 둘 도합 네 명이다. 우리 집에서의 내 역할은 평일 아침 식사를 챙기는 것과 이틀의 주말 중 하루의 가사 일체를 책임지는 것이다. 내가 저녁 약속이 많다보니 저녁은 아내가, 아침은 내가 챙기는 방향으로 역할 분담이 이루어졌다. 물론 과음으로 인해 내가 늦잠을 잔다거나 아내가 저녁 약속이 생기는 등의 예외 상황에서는 그에 맞게 조정이 이루어진다.

경험해 본 사람들은 잘 알겠지만 평일 아침 아이들에게 밥을 먹여 함께 집을 나선다는 게 쉬운 일은 아니다. 그래서 아침에는 아이들이 선호하면서도 조리하고 뒷정리하는 데 시간이 많이 들지 않는

반찬을 낼 수밖에 없는데, 그중 하나가 뚝배기 계란찜이다. 1년에 최소 200일 이상은 계란찜을 준비해 냈으니, 지금까지 내가 밥상에 차려 낸 계란찜은 대략 1500개쯤 될 것이다. 그러다 보니 아는 사람들은 나를 계란찜 아빠라고 부르기도 한다.

아직은 쑥스러운 녹색 아빠

첫째가 초등학교에 입학하기 전, 우리 가족은 마포구 성미산마을에서 살았다. 그러다가 아내의 직장 문제로 관악구로 이사 와 첫째는 일반 초등학교에 입학하고 둘째는 인근 유치원에 등원하게 되었다.

첫째가 초등학교에 입학하고 보니 녹색어머니 활동 등 학부모의 참여를 필요로 하는 일들이 꽤 되었다. 주로 아내가 참여했지만 아내가 시간을 낼 수 없을 때는 내가 대타로 참여했다. 그런데 아빠들의 참여가 거의 없어 나 홀로 엄마들 사이에서 쑥스러움을 무릅쓰고 청일점 노릇을 해야 했다. 내게는 낯선 환경이었다.

성미산마을에 살 때는 아이들이 참나무어린이집이라는 공동육아 어린이집에 다녔는데, 거기서는 아빠들도 어린이집 청소는 물론 일일 교사에 이르기까지 어린이집 운영에 관련된 일에 참여하는 것이 의무였다. 그래서 아빠들이 어린이집의 여러 일에 참여하는 것이 자연스러웠고, 엄마들과도 두루 친하게 지내 쑥스러움이라는 걸 느낄 수 없었다.

변화된 환경에 위축된 나는 학교 일에서는 가급적 손을 떼고, 유치원에 다니는 둘째의 일정을 주로 챙겼다. 그리고 둘째가 초등학교에 입학한 후에는 둘째의 학급 일을 포기하는 방향으로 아내와 합의했다.

그런데 둘째가 3학년이 되더니 뭔가 눈치를 챘는지 형과 공평한 대우를 해달라고 요구했다. 형 학급에서는 엄마가 녹색어머니 활동을 하면서 왜 자기 학급에서는 안 하냐는 것이었다. 아내가 둘째 학급의 녹색어머니 활동까지 하기에는 너무 벅차, 내가 쑥스러움을 무릅쓰고 녹색어머니 활동에 참여하기 시작했다. 나 때문인지는 몰라도 이제 우리 아이들이 다니는 초등학교에서는 '녹색어머니회'라는 조직의 공식 명칭이 '녹색학부모회'로 바뀌게 되었는데, 명칭이 바뀌어도 현재처럼 엄마들 일색의 분위기가 바뀌지 않는 한 아빠가 참여하는 것은 여전히 쑥스러울 수밖에 없다.

부지런함은 나의 힘

나는 집에 있을 때, 혼자서만 쉬는 법이 없다. 내가 혼자만 쉬면 가사 일은 결국 아내에게 돌아가게 될 터인데, 맞벌이하는 아내에게 그런 고통을 안겨주는 것은 도리가 아니라고 생각한다. 물론 아내 역시 부지런하다. 사실 현재 한국 사회에서 양가 어른들의 도움을 받을 수 없는 맞벌이 부부는 부지런하지 않으면 살 수가 없다.

가장 힘든 때는 겨울방학이다. 방학에는 아이들 점심까지 챙겨 놓고 출근해야 하니 맞벌이 부부에게 방학은 고난의 기간이다. 그중 겨울방학이 더 힘든 이유는 아침 일찍 일어나는 것이 여름에 비해 겨울이 더 고생스럽고 더 굳센 의지를 필요로 하기 때문이다.

잘 훈련된 덕분인지 몰라도 나는 부지런함이 몸에 배어, 이명박 전 대통령 내곡동 사저 특검의 특별수사관으로 정신없이 보내던 2012년 10월에도 아이들의 아침밥을 챙겨줄 수 있었다(많은 사람들이 특검에 대해 오해하는 부분이 있는데, 이와 관련해서는 이 책의 5장에서 언급하려고 한다). 그리고 그 부지런함의 대가로 아내에게 남자구실 제대로 한다는 평가를 받고 있다!

꼬막 남편

나는 입맛이 까다로운 편이다. 남편의 입맛이 까다로운 것은 아내에게 불행한 일일 가능성이 높다. 그러나 내 아내에게는 다행한 일이다. 나는 내가 먹고 싶은 음식을 아내에게 해달라고 요구하지 않기 때문이다.

내가 직접 해야만 하는 대표적 음식이 꼬막이다. 꼬막은 양념장을 끼얹어 먹는 것이라는 고정관념을 가졌던 나는 2005년 겨울, 꼬막에 대한 새로운 세상을 접하게 되었다. 전남 광주의 재판에 갔다가 저녁을 먹으러 어느 횟집에 들어가 회를 주문했는데, 주인이 밑반찬으로 삶은 참꼬막 한 접시를 내왔다. 양념장도 달라고 했더니 양념장 없이 먹어야 맛있단다. 주인 말대로 양념장 없이 먹어 보니 환상적인 맛이었다. 나는 그제야 조정래 작가가 《태백산맥》에서 꼬막 맛을 '그렇게' 묘사한 이유를 알게 되었다(이건 직접 읽어봐야 그 '맛'을 알 수 있기에 여기에 따로 소개하지 않는다).

나는 그 꼬막 맛에 반해 서울에 올라와 한 고수로부터 꼬막을 맛있게 삶는 법을 배웠다. 그리고 비싼 참꼬막이 아니라 시중에서 파는 세꼬막도 잘만 삶으면 대충 삶은 참꼬막보다 더 맛있다는 걸 알게 되었고, '잘 삶은 세꼬막 하나 열 참꼬막 안 부럽다!'는 표어를 주위에 보급하기에 이르렀다.

그후 집에서 꼬막 대접할 일이 있으면 내가 전 과정을 직접 담당했는데, 그렇게 해서 내가 삶은 꼬막을 먹어보고 감탄한 이가 최소 50명은 된다. 물론 내가 정작 하려는 이야기는 자기가 먹고 싶은 걸 아내에게 해달라고 시키지 말라는 것이다. 적어도 맞벌이라면 말이다.

가랑비에
옷 젖듯
10년 걸린 일

결혼 전 나의 배우자상

나는 남자들이 집안 일 하는 것을 터부시하는 환경에서 자랐다. 지금 생존해 계시는 할머님 역시 '남정네는 주방에 들어오는 게 아니다'는 지론을 펴는 분이다. 지금은 힘이 빠지셔서인지 명절에 내가 주방에 들어가도 나무라지 않으시지만, 몇 년 전까지만 해도 심하게 나무라셨다.

이런 환경에서 자란 내가 이상적으로 생각한 배우자는 김치를 맛나게 담그고 청국장을 구수하게 끓일 줄 아는 여자였다. 추운 겨울날 부글부글 끓는 청국장에 잘 익은 김장김치를 손으로 쭉쭉 찢어 걸쳐 먹는 광경을 연출해 낼 수 있는 아내, 내가 열심히 돈을 벌어오면 그 돈으로 알뜰하게 살림해 나가는 그런 아내.

현실의 배우자

아내를 여자로서 만난 것은 사법연수원에 다니던 2002년 11월 경이다. 대학생 때 학생운동을 하며 알게 되어 선후배로 친하게 지내다가 연락이 끊겼는데, 우연히(나는 우연히 만났다고 생각했는데, 나중에 알고 보니 아내가 나를 수소문했다고 한다.) 다시 만난 것이다. 당시 서른네 살이었던 나는 결혼을 서두르고 있었는데, 신뢰할 수 있는 사람을 만났다는 안도감과 아내의 구애에 마음이 끌려 서둘러 결혼하게 되었다.

당시 아내는 정시 퇴근이 가능한 직장에 다니고 있었는데, 내가 예상했던 것보다 훨씬 일에 대한 애착이 강하고 능력이 있는 사람이었다. 선배에게 고분고분했던 대학 시절의 후배는 어디로 가버리고, 아내와 남편은 동등해야 한다, 당신도 대학 시절에 그런 주장을 하지 않았느냐며 따져 묻는 페미니스트가 내 앞에 앉아 있었다.

가랑비에 옷 젖듯이

아내의 말이 이론적으로 틀린 말은 아니었다. 고로 나는 한국 사회 가족관계에 형성되어 있는 남성의 기득권을 내려놓아야 하는 과제에 직면하게 되었다.

그런데 기득권자가 기득권을 한꺼번에 내려놓는 것이 쉬운 일은 아니다. 사실 자신이 기득권을 누리고 있다는 사실 자체도 인식하지 못하는 기득권자도 무수히 많다. 그래서 교육이 필요한 것이다.

나는 평균적인 다른 남편들보다 가사 참여도가 높은 편이라는 현실론을, 아내는 남녀는 평등해야 한다는 이상론을 토대로 구체적 사안별로 때로는 얼굴을 붉히고 언성을 높이며, 때로는 순순히 고개를 끄덕이며 대화하고 토론했다. 다행히 나와 아내 둘 다 서로의 입장을 충분히 존중하겠다는 열린 자세였기 때문에 우리는 약 10년에 걸쳐 서서히 간극을 좁혀갈 수 있었다.

결혼 전 내가 예상한 결혼생활은 이런 것이 아니었다. 한국 사회에서 결혼은 여자의 무덤이지 남자의 무덤은 아니었다. 만약 결혼 전에 현재와 같은 내용의 부부간 역할 분담이 논의되었다면, 나는 결혼하지 않았을지도 모른다. 그러나 10년이라는 짧지 않은 세월에 걸쳐 부부간 협업이 가랑비에 옷 젖듯 조금씩 이루어졌고, 내 몸뚱

아리가 거기에 적응해 현재와 같은 역할 분담 구조가 정착되는 것이 가능하지 않았나 생각된다. 로마가 하루아침에 이루어지지 않은 것처럼 말이다.

이 과정에서 아내의 칭찬은 커다란 역할을 했다. 그것이 진심에서 우러나온 것인지 나를 변화시키기 위한 계산에서 비롯된 것인지는 모르지만, 아내는 내가 조금씩 진전된 모습을 보일 때마다 나를 칭찬했다. 남들 앞에서도 나를 칭찬했다. 칭찬을 받은 나는 퇴보할 수 없었다.

부부간 소통의 중요성

이 대목에서 나는 '소통'에 대해 살짝 언급하려고 한다. 물론 요즘은 '소통'이라는 말 자체가 유행이 되어, 무엇을 하든 어딜 가든 '소통'을 논하며 소통만 잘하면 모든 게 해결될 듯이 얘기하기도 한다. 주위 사람에게 '불통'이라는 평가를 받는 사람조차 '소통'의 중요성을 강조하는 아이러니를 심심치 않게 목격할 수 있다.

그러나 소통은 그 자체가 목적이 아니라 수단일 뿐이다. 무엇을 위한 수단인가? 어떤 이에게는 자신의 생각을 널리 알리기 위한 수단일 수도 있고, 어떤 이에게는 타인의 생각을 폭넓게 알기 위한 수단일 수도 있다. 후자의 경우에도, 타인의 생각을 폭넓게 알아 자기에게 유리한 부분을 인용함으로써 자기가 활용하기 위한 수단으로 삼을 수도 있고, 타인의 입장을 충분히 이해하고 배려하기 위한 수단으로 삼을 수도 있다. 나는 마지막의 경우, 즉 이른바 역지사지易地思之를 위한 소통이 진정한 소통이라고 생각한다. 그런 의미에서 소통은 배려를 위한 하나의 수단일 뿐이고, 따라서 '소통의 달인'이라는 말보다는 '배려의 달인'이라는 말이 더 좋은 말이다.

베스트셀러《화성에서 온 남자, 금성에서 온 여자》를 보면, "부부 양쪽 모두 자기가 원하는 것, 필요로 하는 것을 배우자에게 마음 놓고 부탁할 수 있고, 싫으면 싫다고 부담 없이 거절할 수 있을 때 그 관계는 건강한 관계이다"라는 표현이 나온다. 이런 건강한 관계를 유지하기 위해 부부간 소통이 필요한 것임을 잊지 말자.

육아와 가사로
좌충우돌 10년

둘째의 출생

사람이 변하는 데에는 계기가 있기 마련이다. 내가 지금처럼 변하게 된 첫 번째 계기는 둘째의 출생이었다. 첫째 아이 하나 키울 때만 해도 나는 육아에 별 관심이 없었다. 당시 월급을 받는 초보 변호사였던 나는 밤늦게까지 일하고 주말에도 일했다. 아이는 정시 퇴근하는 아내가 키웠다. 잠자다가 아이 울음소리에 잠을 깰 때면 속에서 짜증이 올라오던 아빠였다.

첫째와 둘째는 23개월 차이가 난다. 고로 23개월 된 첫째 아이가 엄마를 배려하거나 젖먹이 동생을 배려하는 일은 있을 수 없었다. 첫째는 엄마가 무엇을 하고 있던 무작정 안겨 붙고 때로는 보챘다. 일하랴 애들 보랴 아내는 녹초가 되었다.

　여자로 태어난 게 무슨 죄인가 싶어 아내에게 동정심이 들던 차에 내 눈에 들어온 건 기저귀였다. 밤늦게까지 일하고 집에 들어와 보면 아내는 아이들을 양 옆에 끼고 곯아 떨어져 있었고, 욕실에는 똥 기저귀가 널브러져 있었다. 한편으로는 천 기저귀를 고집하는 아내가 원망스러웠지만 그렇다고 그냥 잘 수는 없어 '아이고, 내 팔자야' 신세타령을 하며 똥 기저귀를 빨고 잤다.

　그런데 정작 아내가 나의 도움을 필요로 한 것은 다른 일이었다. 아내는 내가 똥 기저귀 빨래를 하고 자는 것보다 첫째를 엄마 품에서 떼어내 데리고 놀아주는 것을 원했다. 둘째에게 집중하기 위해!

　이렇게 시작된 육아 참여는 고역이었다. 나 스스로도 시간적으로 체력적으로 힘든 상태에서 첫째를 돌보는 것은 쉽지 않았고, 설상가상으로 첫째는 나를 잘 따르지 않았다. 엄마만 찾았다. 그렇게 길들여졌으니까.

　돌이켜보면 이때만큼 힘들었던 시기는 없었던 것 같다. 말귀를 못 알아듣고 짐승과 다를 바 없는 연령대의 아들 둘을 맞벌이 부부가 키운다는 것은 부부간 역할 분담이 한 치의 오차도 없이 정확하게 되지 않으면 참으로 어려운 일이었다. 그러나 상대방에게 신뢰를 얻는 것은 주장이 아니라 실천이라는 깨달음을 얻은 시기이기도 하다. 역시 중요한 것은 주둥아리가 아니라 몸뚱아리다.

소중한 공동육아의 경험

첫째가 30개월을 넘기면서 어린이집을 알아보게 되었는데, 아내가 공동육아 어린이집에 보내기를 희망했다. 당시 내가 다니던 로펌에도 공동육아 어린이집에 자녀를 보내는 변호사들이 있어 공동육아 어린이집에 대한 정보를 꽤 접할 수 있었는데, 내가 보기에는 '그들만의 리그' 성격이 짙었다. 인지교육을 시키지 않고, 내 아이 남의 아이 구분 없이 공동으로 아이를 키우며, 친환경 먹거리 문화를 강조하는 등 좋은 취지로 운영되지만 출자금이 만만치 않았다. 결국 상당한 금액의 출자금을 감당할 수 있는 가구들만 참여해 구성원이 중산층 일색이 되어버렸다는 것이 가장 큰 문제점이었다. 그러나 저녁까지 마음 놓고 아이를 맡길 만한 어린이집을 찾기 어렵다는 아내의 하소연에 결국 우리 가정은 마포 성미산마을에 자리 잡은 공동육아 참나무어린이집에 첫째를 등원시키게 되었다.

공동육아 어린이집이라고 했지만, 처음에는 어린이집 청소 등 의무적인 활동에만 소극적으로 참여할 생각이었다. 그러나 적극적으로 참여하는 아빠 엄마들과 어울리다 보니 점차 재미를 느끼게 되었고, 그에 비례해 책임감도 늘어갔다.

여러 가정의 부모와 그 아이들과 어울리며 나는 가사 및 육아에 적극적으로 참여하는 아빠를 둔 가정의 엄마들이 가장 많이 웃는다는 사실을 알게 되었다. 엄마가 많이 웃으면 그 행복감이 아이에게 전파되고, 아이가 행복하면 그게 최고 아닌가!

장시간 근로를 요구하는 우리나라 현실에서 아빠가 가사와 육아에 참여한다는 것이 쉬운 일은 아니지만, 아빠가 나름의 의지와 노력으로 가정 일에 적극 참여하는 만큼 가족 구성원들이 행복해하는 풍경을 목격한 이후 내 인생관이 많이 바뀌게 되었다. 또 나 스스로도 다른 가족 구성원들이 행복해할수록 내 행복도 함께 늘어나는 소중한 경험을 하게 되면서 점차 일 중독자에서 가정 중독자로 변하기 시작했다.

공동육아 어린이집 이야기가 나온 김에 겨울철 김장에 대해 하고 싶은 말이 있다. 나는 김장을 공동육아 어린이집에서 배웠다. 김장 대장의 일사불란한 지휘 아래 아빠들과 엄마들이 역할 분담을 한 후 오순도순 이야기꽃을 피우며 하니 100포기 김장이 전혀 힘들지 않았다. 이런 것이 집단 노동의 힘이구나 하고 느꼈는데, 이때 배운 것을 나중에 처가댁 김장 때 써먹었다. 내가 김장 대장이 되어 장인어른께도 역할을 부여하는 등 진두지휘를 해서 빠른 시간 안에 김장을 끝내자 장인어른께서 나를 많이 칭찬해 주셨다. 물론 속으로는 '사위 한 놈 잘못 만나 나까지 무슨 고생이람' 하셨을지도 모르겠지만. 김장은 남자가 힘쓰는 공정, 즉 배추를 운반해서 다듬고 절이고 물 빼는 공정을 해주면 좋다.

아내의 대학원 진학

둘째까지 같은 어린이집에 등원하면서 차츰 여유가 생기는가 싶던 차에 급작스레 아내에게 공짜로 대학원에 진학할 수 있는 기회가 생겼다.

평생 정시 퇴근이 가능한 직장에 다니며 일의 양을 조절할 수 있으리라 생각했던 아내에게 뜻하지 않은 대학원 진학의 기회가 생겼을 때 솔직히 나는 갈등했다. 아내가 직장을 그만두고 대학원에 다니자니 경제적인 문제에 부딪히게 되고, 아내가 직장을 다니면서 대학원에 다니자니 집안 살림이 엉망이 될 것 같았기 때문이다. 그러나 남들은 돈 주고도 다니는 대학원 진학을 포기하도록 할 수는 없는 노릇이어서, 일단 내가 가사와 육아에 좀더 시간을 투자하겠다는 각오로 아내가 직장생활과 대학원 공부를 병행하는 걸로 합의했다.

막상 아내가 직장생활과 대학원 과정을 병행하는 과정을 옆에서 지켜보니 어떻게 인간이 저럴 수 있나 싶었다. 어떤 날은 밤까지 새워가며 수업 준비를 하는 아내를 보며 나는 당분간 내가 외조를 할 수밖에 없는 시기가 도래했음을 인정하지 않을 수 없었다. 그때부터 우리 집에서는 아빠 엄마의 구분이 완전히 없어져 어떤 일이든 시간이 나는 사람이 해치우는 체제로 전환되었고, 그 시스템이 현재까지 이어지고 있다.

한 가지 재미있는 기억이 있다. 아내가 대학원에 입학하고 얼마 되지 않아 일주일간 해외 연수를 간 적이 있다. 그래서 내가 아이들과 함께 잠을 잤는데, 아이들이 번갈아 가며 밤중에 소변을 보는 바람에 그 뒤치다꺼리를 홀로 하느라 숙면을 취할 수 없었다. 그제야 나는 아내가 평소 아이들과 함께 열 시간 가까이 잠을 자면서도 피곤해 하는 이유를 알게 되었고, 고통을 분담할 수 있는 아내의 소중함을 알게 되었다.

도우미 아주머니가 없는 이유

이쯤 되면 도우미 아주머니의 도움을 받아 문제를 해결하면 훨씬 효율적이지 않느냐는 생각에 이를 것이다. 나 역시 아내에게 그런 취지의 하소연을 했다.

그런데 우리가 원하는 도우미 아주머니를 구하는 게 생각처럼 쉽지 않았던 데다가, 무엇보다 아내는 끼니만큼은 부모가 챙겨주고 같이 식사를 하면서 대화하는 것이 여러모로 좋다는 확고한 신념을 가지고 있었다. 그뿐만 아니라 조금 덜 깨끗하게 살더라도 청소와 빨래 등 가사를 가족 구성원이 직접 하는 것이 아이들에게 일상에 대한 실질적인 감각과 책임감을 키워줄 수 있고, 가족 구성원간 일상적 협업과 조정의 경험에서 얻는 것이 도우미에게 미룸으로써 얻는 편리함보다 훨씬 중요하다는 신념이 확고했다. 이 역시 틀린 신념이 아니므로 내가 강하게 반론을 제기할 수 없었다.

결과적으로 놓고 보면, 이런 아내의 신념을 따른 것은 올바른 선택이었던 것 같다. 당시 나는 의식하지 못했지만, 서강대 평생교육원 심리학과 김미라 교수의 견해에 따르면 아이와 함께 시간을 많이 보내는 것이 무척 중요하다고 한다. 2015년 1월 5일자 《대한변협신문》에 실린 '콩 심은데 콩 난다?'라는 김미라 교수의 글을 인용하면 다음과 같다.

2002년 컬럼비아 대학의 루타 교수와 예일 대학교의 다반자노 교수는 10대 중반의 청소년 중 부자 부모나 성공한 부모를 둔 경우가 가난한 부모나 성공하지 못한 부모를 둔 경우에 비해 걱정과 우울을 더 많이 경험하고 불법 약물을 더 많이 소비한다는 연구결과를 발표했다. 일반적으로 부모는 자식의 성공을 위해서는 최선을 다하는 것으로 알려져 있고, 성공한 부자 부모는 그렇지 못한 부모에 비해 자녀에게 훨씬 더 풍요로운 환경을 제공할 가능성이 높은데 왜 이런 결과가 나타났을까?

(…) 여타의 이유로 인하여 성공한 부자 부모는 자녀와 함께할 시간이 매우 적거나 없는 것으로 나타났다. 물론 부모와 함께 보낸 시간이 많지 않은 아이들도 잘 자란다. 그러나 보편적으로 부모와 아이가 함께 보낸 시간의 의미는 여러 가지 측면에서 중요하다. 아이가 자라면서 맨 처음 만난 애착 대상―대부분이 부모다―이 아이가 어른이 되면 되고 싶은 사람, 즉 아이의 사회적 역할모델이 된다. 그러므로 너무 바쁜 성공한 부모는 아이의 장래 사회적 모델 목록에 자신의 이름을 올려놓기가 어려워진다.

애착 대상이 되는 것이 중요한 또 다른 이유는 아이들은 부모와 상호

작용하면서 부모가 중요시하는 인생의 덕목을 자연스럽게 습득한다는 점이다. 이런 덕목들은 부모의 성공에 결정적 요인으로 작용하는 것들이다. 도덕성, 성실성, 신뢰성, 자기주도성 등. 부모 성공의 밑받침이 된 이런 덕목을 아이는 바쁜 부모로부터 직접 배울 좋은 기회를 놓치게 된다.

(…) 성공한 부자 부모에게 왜 그렇게 쉬지 않고 열심히 일하느냐고 물으면 '가정과 자식을 위해서'라고 답한다. 그러나 아이가 나보다는 나은 삶을 살기를 원하는 부모라면 일에 매진하는 만큼이나 아이와 함께할 시간을 빼놓는 노력이 필요해 보인다.

'내'가
포기한 것들

골프와 TV 시청

가정에 시간을 투자하려다 보니 불요불급한 자기계발 시간은 줄일 수밖에 없었다. 제일 먼저 끊게 된 것은 골프다. 우리 사회에서 골프는 사교 또는 접대 수단으로 필수적인 것처럼 굳어져 영업을 해야 하는 변호사들 중 골프를 치지 않는 사람은 많지 않다. 나 역시 골프를 배울 수 있는 좋은 기회가 있어 영업의 일환으로 골프를 배웠다. 그런데 막상 시작해 보니 너무 많은 시간이 소요되어 눈물을 머금고 골프를 일단 끊었다. 아이들이 모두 성장한 다음 다시 시작해도 되리라 생각하며.

그 다음은 TV다. 박지성 선수가 뛰는 축구 경기를 비롯해 재미있거나 유익한 볼거리를 무궁무진하게 제공하는 TV는 내게 시간 먹는 하마였다. TV에 시간을 빼앗김으로써 아내나 아이들과 더불어 오붓한 대화를 하거나 몸으로 놀 수 있는 시간이 그만큼 줄어들었다. 결국 TV를 없앴다. 영화관에 가서 영화를 보는 것도 〈마당을 나온 암탉〉처럼 아이들과 함께 볼 수 있는 영화가 아니면 불가였다. 이러다 보니 최첨단 유행에는 약간 뒤떨어질 수밖에 없었다.

TV 얘기가 나온 김에 한 마디 더 하면, TV를 없앤 것이 교육적 측면에서 아이들에게 좋았던 것 같다. 우리 아이들은 아무 것도 없는 상황에서도 스스로 재미있는 놀이나 장난감을 만들어 잘 노는데, 만약 TV 시청이 가능했다면 지금처럼 창의적인 놀이를 즐길 수는 없지 않았을까 싶다. 스마트폰의 경우도 물론 마찬가지다.

경제적 수입

가정에 시간과 노력을 투자하다 보면 상대적으로 일에 투자하는 시간과 노력이 줄어드는 것은 당연하다. 공조직이든 사조직이든 간에 몸담고 있는 조직에의 충성도에서도 남보다 뒤처지게 되어 있다. 그 결과 경제적 수입도 영향을 받는다(나는 여러 가지 고려를 한 끝에 회사를 나와 개업을 했는데, 만약 회사를 계속 다녔다면 일을 줄이고 급여를 적게 받고 싶다고 요구했을 것이다).

사실 당장의 경제적 수입 감소보다 더 무서운 것은 불안감이었다. 치열한 경쟁 사회에서 도태될지도 모른다는 불안감은 수시로 나를 엄습했다. 그러나 아이들이 성장할수록 상황이 나아지리라는 믿음과 희망으로 버텼다(실제로 첫째가 초등학교 5학년이 되어 스스로 라면을 끓여 먹을 수 있게 되고 나서부터는 상황이 훨씬 호전되었다). 여하튼 이 문제는 남편의 가사 및 육아 참여를 각 개별 가정의 구체적 형편에 맞게 조절할 필요성이 있다는 점을 일깨워준다.

완벽한 육아

우리 부부는 완벽한 육아라는 게 있을 수도 없고, 설령 있다 하더라도 우리 부부가 그렇게 할 수는 없다는 점에 대해 일찌감치 합의를 했다. 아이들과 정서적으로 충분한 유대관계를 형성하는 것은 놓칠 수 없지만, 그렇다고 우리 부부의 인생을 오직 육아에 올인all-in 하는 것도 옳지 않다고 생각했다. 각자 준비해 온 인생의 계획을 무위로 돌릴 수는 없었다. 그리고 아이들에게도 어려서부터 독립심을 길러주는 것이 장기적으로 좋은 육아라고 생각했다. 부모가 스스로의 인생을 열심히 사는 것 그 자체가 좋은 육아의 근본일지도 모른다.

잘 정돈된 집에서 생활하는 한 선배가 우리 집에 놀러왔다가 아이들 놀잇감으로 어질러진 거실 바닥에 기겁하며 '도대체 부인은 뭐하는 거냐'는 취지의 핀잔을 했던 기억이 아직도 뚜렷하다. 반면 어떤 사람은 똑같은 광경을 보고 '맞벌이 부부는 이런 게 정상 아니냐. 그렇지 않으면 전업 주부와 함께 사는 남편이 무슨 메리트가 있느냐'며 아내를 옹호했다. 사람과 사물을 어떤 관점에서 보느냐에 따라 많이 다른 평가가 나온다.

스트레스 해소법

그렇다면 이렇게 빡빡한 일상과 자기주장 분명한 아내로 인해 받는 스트레스는 어떻게 해소할 수 있었느냐는 질문이 있을 법하다.

아내와의 견해 차이가 크고 아이들이 어려 대화상대가 되지 못하던 초창기에는 비슷한 처지에 있는 아빠들(공동육아 어린이집 아빠들)과

술자리에서 아내의 험담을 하거나 하소연하는 것으로 풀었고, 점차 아내와의 이견이 줄어들고 아이들이 성장하면서는 스트레스 받을 일이 줄어들었다. 그래서 지금은 오히려 밖에서 받은 스트레스가 집에 오면 저절로 풀리는 경지에 이르렀다. 이렇게 되기까지 나에 대한 아내의 칭찬이 큰 역할을 했다는 것을 다시 한 번 강조하고 싶다.

한편 아내의 입장에서도 빡빡한 일상과 자기주장 분명한 남편으로 인해 받는 스트레스가 상당했을 것이다. 아내는 어떻게 해소했을까 궁금해서 물어보니, 남편의 잘못된 생각이나 행동을 정면에서 지적했을 때 남편이 수긍할 만한 답변을 하거나 해명하는 과정, 그리고 남편이 변화하는 과정을 지켜보며 스트레스가 해소되었다고 한다. 물론 내가 아내의 지적에 항상 고분고분 수긍했던 것은 아니지만 −만약 그랬다면 지금의 경지에 이르기까지 10년이나 걸리지는 않았으리라!− 아내의 지적에 대해 항상 열린 자세를 견지했다는 점에 대해서만큼은 높은 점수를 땄던 것 같다.

'우리'가
얻은 것들

아내와의 동반 성장

아내는 2014년 11월에 큰 상을 받았다. 신진·중진 고전번역가 발굴을 위해 제정된 방은고전번역상 제1회 수상자로 선정된 것이다. 기본적으로 아내의 노력과 타고난 자질 덕분에 그리 되었겠지만, 분명 나의 외조도 한몫 했을 것이다. 나의 대외적 성장은 약간 지체되었지만 그만큼 아내가 대외적으로 성장했으니 부부간 성장의 총합을 내면 손해를 본 것 같지는 않다. 장인어른께서는 이런 나를 많이 칭찬해 주셨다. 아내의 수상을 다룬 기사를 소개한다.

한국고전번역원이 신진·중진 고전번역가를 발굴·포상하고자 올해
제정한 '방은고전번역상' 초대 수상자로 강민정 성균관대 대동문화연
구원 수석연구원이 13일 선정됐다. 강 수석연구원은 서울대 지구과
학교육과와 민족문화추진회(번역원 전신) 국역연수원을 졸업하고 성균
관대 한문고전번역협동과정에서 박사과정을 수료했으며,《무명자집》
《농암집》《승정원일기(고종·인조)》《설수외사》《주석학 개론》등을 옮
겼다. 이런 공로가 인정돼 번역상 수상자로 선정됐다.

(서울=연합뉴스) 김태식 기자.

즐거운 우리 집

여느 맞벌이 가정과 마찬가지로 우리 집도 4인 구성원 모두 함
께 있는 시간은 별로 많지 않다. 평일 아침에는 아내가 없고 평일 저
녁에는 내가 없으며(그 반대일 때도 있다), 토요일에는 아내가 없고 일요
일에는 내가 없는 식이다. 그러나 가정 내의 일거리에 관한 한, 엄마
아빠의 구별이 없는 삶을 어린 시절부터 죽 경험해 왔기 때문인지
아이들은 별로 개의치 않고 재잘거린다.

더욱이 우리 집에는 TV가 없기 때문에 가족끼리 모여 있으면

할 수 있는 게 대화밖에 없다고 해도 과언이 아닌데, 대화를 하다 보면 서로의 성격이나 현재 하고 있는 고민 등을 좀더 잘 파악하게 된다. 물론 서로에 대해 잘 알게 될수록 더 친밀한 관계가 형성되는 것은 당연지사다.

부부간 육체의 대화도 대화에 포함시킨다면, 맞벌이 가정에만 국한해 보았을 때 남편이 가사 및 육아에 적극적으로 참여하는 부부가 그렇지 않은 부부에 비해 금슬이 좋다는 통계가 확립되어 있다. 통계를 거론할 것조차 없는 것이, 남편이 집안 일을 하게 되면 그만큼 아내가 시간을 벌어 신체적·정신적 피로를 풀 수 있는 데다가, 남편에 대한 애틋한 감정이 생겨 친밀도가 높아지고 그것이 자연스럽게 스킨십으로 이어질 확률이 높으리라고 충분히 추론할 수 있다. 부부간의 자연스러운 스킨십은 다시 정서적 유대를 더욱 강화시키는 등 상승작용을 일으켜 부부관계가 매우 안정된다.

나는 일이 잘 풀리지 않아 스트레스를 받고 몸과 마음이 힘들 때면 집에 일찍 들어간다. 가족의 재잘거리는 소리와 웃음소리는 지친 내게 큰 위안을 주고 활력을 되찾게 해준다. 이렇게 몸과 마음의 건강을 빨리 되찾아 다시 일에 몰입하는 것도 내 경쟁력 중 하나라고 생각한다. 가정의 평화는 일의 성취에도 영향을 미친다. 그리고 평생학습의 중요성이 강조되는 현대에는 일상적 자기 회복과 그로 인한 평정심이 나이가 들수록 더욱 빛을 발할 것이라 생각한다.

학교폭력 걱정 없는 집

아이들을 키우는 과정에서 나는 자연스레 교육 문제에 관심을
가지게 되었고, 지금은 변호사업계에서 교육 전문 변호사로 통한다.
교육문제 중에서도 특히 학교폭력 문제에 대해서는 〈MBC 100분 토
론〉에 출연한 것을 계기로 더 많은 고민을 하게 되었다(학교폭력에 대해
서는 이 책의 4장에서 별도로 다룬다).

대부분의 학부모들이 자신의 자녀가 학교폭력의 피해자가 되지
는 않을지 적지 않은 불안감을 가지고 있다. 그리고 현재와 같은 경
쟁적 교육환경에서는 누구나 학교폭력의 가해자가 될 수도 있다. 과
거와 달리 고소득 전문 직종에 종사하는 부모의 자녀들도 학교폭력
의 가해 혹은 피해 학생이 되는 경우가 상당수 발견되고 있으며, 최
근에는 초등학교 2학년에서도 심각한 사례들이 발생하고 있다.

자녀가 학교폭력의 피해자 또는 가해자가 될 조짐에 대해서는
가정에서 먼저 알아차리는 것이 중요하다. 교사들 중에는 경험이 부
족해 학교폭력의 징후를 제대로 알아차리지 못하는 사람들도 있고,

또 학교에 모든 문제를 맡겨놓아서는 곤란하다.

아이들이 무슨 이야기든 아빠 엄마와 스스럼없이 할 수 있는 친밀한 분위기가 형성되면 그런 조짐을 일찍 알아차릴 수 있고, 따라서 커다란 학교폭력의 피해자 또는 가해자가 되는 것을 예방할 수 있다. 첫째 아이의 경우 학교생활을 이야기하는 과정에서, 계속 방치해 두면 피해자가 될 수도 있겠다는 판단이 드는 사건이 발생한 것을 감지해 적절히 대응한 적이 있고, 둘째의 경우 같은 반의 누군가를 괴롭히고 있는 것 아닌가 하는 의심이 들어 적절히 대응한 적이 있다. 따라서 우리 가정의 아이들은 심각한 학교폭력의 피해자 또는 가해자가 될 가능성이 낮다고 자부하는데, 이것은 끊임없는 재잘거림의 힘이다.

둘째가 초등학교 1학년 때의 일이다. 둘째는 책을 읽어주던 엄마에게 물었다. "엄마, 종교는 왜 있는 거야? 전쟁은 왜 일어나는 거야?"

아내는 짐짓 대답을 내게 떠넘겼고, 둘째는 내게 다가와 똑같은 질문을 했다. 마땅한 답을 찾지 못하던 나는 드디어 명답을 생각해 둘째에게 대답해 주었다. "네가 그 질문을 생각해 내는 데 8년이 걸렸으니 아빠가 그 질문에 대한 답을 생각해 내는 데도 8년이 필요하다. 8년 안에 답해 주마."

이런 식의 시시껄렁한 대화로 온 가족이 한바탕 까르르 웃는다. 그나저나 2020년 안에 답을 해줄 수 있을지 걱정이다.

아이들 싸움에 대처하는 부모의 자세

이쯤에서 자녀들간의 다툼에 대해 격하게 공감했던 기사 하나를 소개하려고 한다. '억지로 화해시키는 게 능사가 아니예요'라는 제목으로 2014년 7월 28일 베이비뉴스 정가영 기자의 기사다.

두 아이를 키우는 부모라면 아이들의 다툼에 난감할 때가 많을 것이다. 특히 동생을 둔 형이나 언니는 엄마, 아빠를 빼앗긴 질투심에 동생을 더욱 못살게 굴기도 한다. '형이 때렸다' '동생이 대들었다'고 말하는 아이들에게 '네가 형이니까 참아라' '동생이 대들면 못써'라고 말하는 것도 한두 번. 부모들은 아이들의 싸움에 지칠 수밖에 없다. 하지만 이 모든 것도 다 과정이다. 형제자매만큼 가장 가까운 친구가 어디 있을까. 부모가 중간 역할을 잘 해주면 아이들은 서로를 이해하고 우애 있게 자랄 것이다.

기자는 소아청소년상담 전문가인 양소영 허그맘 강동센터 원장
이 쓴 《청개구리 초등심리학》에서 알려주는 아이들의 싸움에 대처
하는 부모의 자세를 자세히 소개했는데, 요약하면 다음과 같다.

- 아이들의 싸움을 단순히 싸움으로만 보지 말고 성장의 한 과
  정으로 볼 것.
- 아이들의 사소한 다툼에는 부모가 일일이 관여하지 말고 아이
  들 스스로 해결하도록 내버려둘 것.
- 만약 싸움이 아이들끼리 해결할 수 없는 정도에 이르렀다면
  싸움 자체를 중재하는 게 아니라 싸움의 원인을 찾아 해결해
  주는 사회자 역할로 개입할 것.
- 아이들의 잘못된 행동을 서로 비교하고 즉각적으로 지적하기
  보다는 아이가 자신의 행동을 반성하고 자각할 수 있는 시간
  을 충분히 주고 스스로 생각하게 이끌어줄 것.
- 싸움이 끝난 뒤 억지로 화해시키지 말 것.
- 형제자매를 비교하지 말 것.
- 가족이 함께하는 규칙적인 일과를 만들 것.

우리 집도 둘 이상의 자녀를 둔 여느 집처럼 첫째와 둘째의 싸

움이 없는 날이 없다. 휴일에 곁에서 지내며 느낀 바로는 둘의 싸움은 놀이의 연장이 아닐까 싶을 정도로 놀이에서 싸움으로 넘어가는 경계도 모호하고 뒤끝도 없어 보인다. 그래서 한발 떨어져 바라볼 때면 '아이들은 싸우면서 크는 것'이라고 쿨하게 생각하게 된다. 신문을 읽거나 낮잠을 청하려 할 때 갑자기 "우와앙~" 둘째의 울음이 터지면 '또 시작이구나' 하고 무시하려고 한다. 아내도 처음엔 무시하다가 아이가 어른이 들으라는 듯 더욱 목청을 높이며 울어대며 그칠 기미가 보이지 않으면 울음소리를 참지 못해 결국 개입한다. 진상조사에 나선 아내와 자기는 억울하다며 서로 상대의 잘못을 읊어대는 두 아이들. 이쯤에서 마무리되면 좋으련만 이따금 아내는 중재를 포기하고 나에게 떠민다.

온 가족이 함께 살다가 얼마 전 지방으로 발령을 받아 주말 부부가 된 친구가 있다. 그 친구 부인은 주말 부부를 시작하면서 가장 힘든 일은 아이들을 대하는 방법 면에서 서로 보완이 되던 남편의 도움을 받지 못하는 것이라는 말을 했다. 예전에는 '엄부자모嚴父慈母'로 부와 모의 서로 다른 역할을 중시했다. '엄부'는 요즘 환영받지 못하는 모델이지만, 자녀 양육에서 부와 모의 상대적인 역할은 여전히 필요하다. 형제간의 싸움을 중재할 때도 부부간의 동일한 인식과 협력, 역할 분담이 필요하다.

《청개구리 초등심리학》의 표현을 빌리면, "싸움은 이해가 상반되는 상대가 있다는 것, 자신의 요구가 전부 통하는 것은 아니라는 것, 때로는 타협이 필요하다는 것, 자신의 권리를 주장하고 방어해야 한다는 것 등을 자연스럽게 배우는 과정이기도 하다." 따라서 형제 자매간에 발생하는 싸움은 사람 사이의 관계 맺는 기술을 익히는 중요한 교육의 장이라고 할 수 있다. 그런데 부모가 관찰하고 들어주고 기다려주고 이끌어주고 싶어도 함께 생활하며 얼굴을 마주하고 대화하는 시간이 일상적으로 확보되지 않으면 불가능하다는 사실을 기억해야 한다.

최고의
노후 자산,
다정한 배우자

배우자에게 투자하는 것이 상책

노부부의 사랑을 다룬 〈님아, 그 강을 건너지 마오〉라는 다큐멘터리 영화를 그 비결이 무얼까 궁금하여 아내와 함께 보았다. 할아버지가 말년에 건강이 악화되어 죽을 때까지 아홉 살 아래 할머니에게 자상한 보살핌을 받는 모습이 감동적이었다. 노년에 '삼식이'로 불리다 중병에 걸리면 아내에게 외면 내지 구박을 당하는 많은 남편들의 사례와는 달랐다.

할아버지가 죽을 때까지 할머니의 자상한 보살핌을 받은 비결 중 하나가 바로 평소 할머니에 대한 깊은 배려심에 있었음을 추론할 수 있었는데, 20대의 할아버지가 10대 초반의 아내를 맞이해 할머니가 스스로 원할 때까지 '건들지' 않았다는 할머니의 설명 장면 때문이었다. 남성 중심의 문화가 확고했던 1900년대 초 한국 사회의 합법적인 부부간에는 흔치 않은 일이었을 것이다.

영화에서 잘 그려냈듯이 노령화 시대에는 좋든 싫든 배우자와 단 둘이 오랜 세월을 보낼 확률이 높다. 그런데 배우자와 단 둘이 있을 때 서먹서먹하거나 지루하면, 더 나아가 얼굴만 보면 화가 난다면 주구장창 남은 삶이 도대체 뭐가 되겠는가. 노령화 시대에는 뭐니 뭐니 해도 머니money가 최고가 아니라 다정한 배우자가 최고라는, 즉 최고의 노후 자산은 다정한 배우자라는 사실을 새삼 깨닫게 해준 영화였다. 그러므로 배우자에게 투자해야 한다!

남성과 여성의 서로 다른 인식

2014년 9월 14일자 연합뉴스 기사를 보니, KDB대우증권 미래설계연구소(소장 김종태)가 50세 이상 고객을 대상으로 설문조사를 한 결과, 50대 이상의 남성들은 행복한 노후를 위해 꼭 필요한 것으로 돈보다 배우자를 꼽은 반면 50대 이상의 여성들은 배우자보다 돈을 더 필요한 것으로 꼽았다고 한다.

남성은 건강(29퍼센트)-배우자(23퍼센트)-돈(22퍼센트) 순이었지만 여성은 건강(28퍼센트)-돈(26퍼센트)-배우자(16퍼센트) 순으로, 건강을 빼고는 남녀간 생각 차이를 보였으며, 은퇴 이후 같이 살고 싶은 동거인으로는 배우자(87퍼센트)가 혼자(6퍼센트)보다 압도적으로 많았음에도 혼자 살기를 원하는 응답비율은 여성(11퍼센트)이 남성(3퍼센트)보다 높았다. 또 배우자를 선택한 사례는 남성(93퍼센트)이 여성(77퍼센트)보다 훨씬 많았다고 한다.

재미있는 것은 아내가 남편에게 바라는 가사 도움으로는 청소(37퍼센트)가 가장 많았고, 그 다음으로 가만히 있어 주는 것(14퍼센트), 음식물찌꺼기 버리기(12퍼센트), 빨래(11퍼센트), 설거지(9퍼센트) 순으로, 남편이 가만히 있어 주길 바라는 비율이 두 번째로 높았다는 조사결과다. 집안에서 천덕꾸러기가 된 남편의 숫자가 만만치 않다는 것이리라. 오죽하면 다음과 같은 유머가 인터넷에 떠돌겠는가.

오랜 친구 사이인 두 할머니가 이야기를 나누고 있었다. 서로의 안부를 묻고 나서 한 할머니가 말했다.

"바깥어른은 잘 계신가요?"

"지난주에 죽었다우. 저녁에 먹을 상추를 따러 갔다가 심장마비로 쓰러졌지뭐유."

"이런 쯧쯧. 정말 안됐소. 그래서 어떻게 하셨소?"

"뭐, 별 수 있나. 그냥 시장에서 사다 먹었지."

나이 들어 천덕꾸러기 신세를 면하려면

가사와 육아에 참여하고 싶어도 어디서부터 시작해야 할지 모르겠는 사람이라면 아내가 시키는 일부터 시작하면 된다. 어려울 게 뭐 있겠는가, 자세의 문제일 뿐이지.

공부를 잘하고 싶으면 노력해야 하듯 가사와 육아를 잘하기 위해서도 노력해야 한다. 여기에 시간과 비용을 투자해야 한다는 말이다. 나는 청소년기에 주위 친구들이 "나는 머리는 좋은데 노력을 안 해서 공부를 못한다"고 하는 말을 많이 들었다. 그런 친구들에게 "그걸 알면 제발 노력 좀 해라"라고 말해 줄 수밖에 없듯이 좋은 남편, 좋은 아빠 대접을 받고 싶은 사람에게는 "그렇다면 제발 노력 좀 해라"라고 말해 줄 수밖에 없다. 다시 한 번 강조하지만, 부지런한 남편이 사랑받는다.

새벽에 출근해서 밤늦게 퇴근해야만 먹고 살 수 있는 사람들이야기를 하는 것이 아니다. 그들에게는 죄가 없다. 그리고 모든 사람들이 가사나 육아를 잘해야 한다고 주장하는 것도 아니다. 시간과 비용을 투자한다고 해서 모든 사람이 공부를 잘할 수 없듯이 모든 사람들이 가사와 육아를 잘할 수는 없다. 가사와 육아에 자신이 없는 사람들은 자기가 좋아하는 다른 일로 승부하면 된다. 다만 무엇으로 승부할지는 배우자와 의논하는 것이 좋겠다.

일 잘하는 사내

젊은 시절 부지런히 농사일을 했을 것으로 짐작되는 영화 속 할아버지를 보니 박경리 선생의 유고 시집 《버리고 갈 것만 남아서 참 홀가분하다》에 실린 시 한 편이 떠올랐다. 다른 시들도 좋지만, '일 잘하는 사내'라는 시를 읽고 받았던 충격이 강렬해 소개하려고 한다.

일 잘하는 사내

다시 태어나면
무엇이 되고 싶은가

젊은 눈망울들
나를 바라보며 물었다

다시 태어나면
일 잘하는 사내를 만나
깊고 깊은 산골에서
농사짓고 살고 싶다
내 대답

돌아가는 길에
그들은 울었다고 전해 들었다
왜 울었을까

홀로 살다 홀로 남은
팔십 노구의 외로운 처지
그것이 안쓰러워 울었을까
저마다 맺힌 한이 있어 울었을까

아니야 아니야 그렇지 않을 거야

누구나 본질을 향한 회귀본능

누구나 순리에 대한 그리움

그것 때문에 울었을 거야

2장

계란찜 아빠의 '저녁이 있는 삶' 만들기

둘째가 그린 우리 집. 엄마와 둘째는 산책 중, 집과 차는 휴식 중이다.

먼저
욕심 내려놓기

부부간 협업과 일 · 가정 양립의 관계

먼저 맞벌이 부부에게 '부부간 협업'과 '일 · 가정 양립'이 논리적으로 동의어는 아니지만 현실적으로는 중복되는 면이 있다는 점을 짚을 필요가 있다.

가사 및 육아에서의 남녀 불평등 문제를 해소하려면, 남성이 여성만큼 육아 및 가사에 참여하거나(부부간 협업) 여성이 남성만큼 육아 및 가사에서 해방되면 된다(친정이나 시댁 혹은 입주 보모에게 맡기는 방식으로). 그런데 이중 여성이 남성만큼 육아 및 가사에서 해방되는 모델은 여성이 '일'에 좀더 집중할 수 있도록 하는 효과가 있을 뿐 일 · 가정 양립 효과는 전혀 없으므로 논외로 한다(이 모델은 앞에서 살펴본 김미라 교수가 우려를 표한 모델에 속한다).

남성이 여성만큼 육아 및 가사에 참여하는 부부간 협업 모델의 경우 남성에게는 일·가정 양립 효과가 있지만, 여성에게 어떤 효과가 있을지는 해당 여성의 선택에 따라 달라질 수 있다. 즉, 여성이 남성의 가사 및 육아 참여로 인해 발생한 잉여 시간을 '일'에 투입할지 '가정'에 투입할지에 따라 달라진다. 다만 현실적으로는 여성이 잉여 시간을 전적으로 '일'에만 투입할 수 있는 사례가 얼마나 있을지 의문이며, 그런 의미에서 부부간 협업은 일·가정 양립과 중복되는 면이 있다.

궁극적으로 가야 할 방향

일·가정 양립이 이루어지기 위해서는 남성 또는(그리고) 여성이 '가정'에 투입할 수 있는 시간이 지금보다 더 많이 주어져야 한다는 데 이론異論이 있을 수 없다. 즉, 한 가정을 구성하는 남성과 여성의 '일'의 총량이 지금보다 줄어드는 방향으로 가야 한다는 것이다. 이런 문제의식에서 지난 제18대 대선에서 모든 대통령 후보들이 '근로시간 단축'을 이야기했다.

다만 현실적으로 근로시간 단축에는 그에 걸맞은 급여 조정이 이루어져야 하는데, 현재와 같이 주거비와 사교육비가 높은 상황에서 급여 삭감을 감수하면서까지 근로시간을 줄이는 데 찬성하는 사람은 소수에 불과할 것으로 보인다. 대한변호사협회에서 2014년 변호사들을 상대로 한 설문조사에서 일·가정 양립을 위해 수익의 감소를 감당할 수 있다는 의견은 31.2퍼센트밖에 되지 않았다. 변호사가 고소득층에 속한다는 점을 감안하면 한국 사회 평균은 그보다 훨씬 낮을 것이다.

과도기적 방안: 생애주기에 따른 선택권 부여

근로시간 단축에 찬성하는 사람이 다수가 되기 전까지 사회 전체가 변화하기는 어렵다. 한 개인의 생애 전체를 놓고 보았을 때 '일'의 총량을 줄일 수 없다면, 생애주기에 따라 업무량을 조절할 수 있도록 여러 방안을 고민할 필요가 있다. 즉, 자녀들이 부모와의 애착 관계 형성을 절실히 필요로 하는 시기(영유아에서 초등학교 단계까지)에는 가정에 좀더 시간을 투자할 수 있도록 하는 등 각자의 상황에 맞게 업무량 혹은 업무방식을 선택할 수 있도록 하는 직장이 많이 생기고 이런 직장들에서 좋은 성과가 날 때 '저녁이 있는 삶'은 우리 가까이에 올 수 있을 것이다.

"다들 너무 유능하고 욕심도 많으세요. 직장에서는 최고로 인정받고 싶고, 일도 많이 하고 싶고, 집에서는 전업주부 못지않게 아이들 잘 키우고 싶고, 욕심은 다 갖고 계시는데 안 되잖아요. 사람의 능력과 시간은 한계가 있기에 사탕단지 속에 손을 집어넣고 양껏 움켜쥔 사탕을 놓지 않으면 손이 안 빠지는 것처럼 욕심을 내려놓지 않으면 애만 탈 뿐이에요. 사회가 주도적으로 해주길 바라는 것도 있지만 우리 스스로도 돈과 직장, 나의 성취에 대한 욕심을 어느 정도 내려놓고 미룰 수 있어야, 즉 일도 줄이고 보수도 줄일 마음의 자세가 되어 있어야 가정과 아이로 돌아갈 여유가 생길 수 있지 않을까, 스스로 자기 욕심을 내려놓고 마음의 여유를 가질 필요가 있지 않나 생각합니다."

대한변호사협회 일과가정양립을위한위원회의 설문조사에 응했던 어떤 변호사의 주장이다. 우리나라에도 일·가정 양립을 위해 나름의 방안을 강구해 실천하는 직장들이 없지 않은데, 이런 직장들의 사례를 점검해 볼 필요가 있다.

가족 친화
프로그램은
선택이 아닌 필수

시차 출근제를 도입한 유한킴벌리

사내 커플인 '워킹맘' 김현경(31) 씨 부부는 같은 회사에 다니지만 출퇴근 시간이 다르다. 김씨는 오전 8시까지 출근해 오후 5시에 퇴근하고, 남편은 오전 9시 30분 출근, 오후 6시 30분 퇴근이다. 덕분에 부부는 맞벌이인데도 친정·시댁 부모나 보육 도우미의 손을 빌리지 않고 5살, 2살 두 아이를 기르고 있다. 아이들은 부모가 회사에 있는 동안 어린이집에서 지낸다. 출근하는 남편이 아이들을 깨워 밥을 먹이고 어린이집에 맡기면, 아내 김씨가 퇴근길에 아이들을 데려와 저녁시간을 온 가족이 함께 보낸다. "오후 5시에 퇴근한다고 눈치 보이진 않아요. 늦게 출근한다고 눈치를 주는 일도 없고요."

부부가 눈치를 보지 않아도 되는 건 회사 차원의 '배려'가 있기 때문이다. 김씨 부부가 다니는 유한킴벌리는 '시차 출퇴근제'를 통해 오전 7~10시, 오후 4~7시 사이에 출퇴근할 수 있는 '권리'를 직원들에게 보장한다. 이 제도를 활용해 오전 8시 30분 이전에 출근하거나 오전 9시 30분 이후에 출근하는 직원이 본사 직원 580명 가운데 80여 명(14 퍼센트)이다. 2011년부터는 '탄력 점심시간제'를 도입했다. 출근시간에 맞춰 점심시간 역시 낮 11시 30분~1시 30분 사이에 자유롭게 선택할 수 있다.

—'저녁 7시 30분만 되면 강제 소등하는 회사', 2014년 11월 7일자《한겨레》.

그런데 위와 같은 내용의 탄력적 출퇴근 시간제는 비교적 빠르게 정착한 반면 '불필요한 야근' 관행은 쉽게 사라지지 않았으며, 그래서 나온 특단의 대책이 '강제 소등'이라고 한다. 오전 10시 출근자들의 퇴근시간인 저녁 7시에 30분의 '탈출 시간'을 추가로 얹은 저녁 7시 30분에 사무실 불을 일제히 꺼버린다는 것이다.

어쩔 수 없이 야근을 해야 하는 직원들의 요구가 있어서 처음에 한 개 층은 '야근층'으로 불을 켜뒀지만 지금은 점점 수요가 줄어서 각 사무실 일부에만 불을 켜둔다는 이 회사는 하루 여덟 시간 노동을 문자 그대로 실천하는 데 따른 업무 공백이나 생산성 저하가 없다고 한다. 임직원 사이의 개방적이고도 평등한 관계가 그 토대가 되지 않았을까 싶다.

1990년대 초반 이 회사에 입사해 임원까지 오른 한 여성의 말을 새겨들을 필요가 있다. "1992년 첫 아이를 가졌을 때는 임신 사실을 숨기고 싶었다. 하지만 2002년에는 둘째를 임신한 채 외부 손님들 앞에서 프레젠테이션을 했다. 회사가 임신과 출산을 지지하고 응원한다는 신뢰가 있었다. 일하는 방식은 그대로 둔 채 직원들에게 '너만 바꾸면 돼'라고 하는 건 무의미하다. 사주나 상사의 의지가 있고, 시스템이 같이 변해야 한다."

육아휴직을 보장하는 롯데그룹

또 다른 기사를 보니, 롯데인재개발원 인재경영연구소 전영민 소장과 정세진 대리는 출산휴가 및 육아휴직을 마치고 복직하는 직원들을 위해 6개월간 공을 들여 가이드북을 편찬했다고 한다. 출산 · 육아 휴직자들이 복직을 석 달가량 남겨둔 시점에 그 가이드북을 집으로 보내준다고 한다. 본문만 157쪽이 넘는 두툼한 책자에는 '남편을 육아 · 가사 업무로 이끄는 대화법' '베이비시터 면접 때 필수 질문' '아침식사 · 이유식 배달 서비스 업체 목록' 등 워킹맘이 복직할 때 필요한 알짜 정보가 빼곡히 담겼다고 하는데, 원고 구성은 물론 일러스트에 이르기까지 편집 과정 전부를 '워킹맘'들에게 맡겨 감수에 감수를 거친 결과라는 것이다.

롯데그룹은 2012년부터 직원들이 출산휴가가 끝나는 시점에 별도의 절차 없이 1년간 육아휴직을 사용하도록 제도를 개선했다고 하는데, 이후 육아휴직 사용률이 59퍼센트에서 91퍼센트로 급증했다고 한다. 또 2014년 현재 이 회사는 4년째 여성 승진율이 남성과 같거나 높아야 한다는 정책을 고수하고 있다. 이런 회사에 유능한 여성들의 지원이 넘친다는 것은 자명하다. 다음 기사를 보자.

여성 직원이 일정 비율 이상 확보되면, 여성들의 회사 정착은 한층 쉬워진다. 정 대리는 "여직원이 많다보니 육아휴직은 '품앗이'라는 걸 서로 안다. 또 여성 간부가 늘어나니 내가 이 일을 계속 할 수 있을 것이라는 생각도 든다. 과장 승진을 앞두고 일을 그만둘 생각을 하는 사람은 적다"고 덧붙였다.

전 소장은 이같은 여성 '배려'가 '기업의 생존전략'이라는 점을 강조한다. "남성 가운데서만 사람을 뽑는 회사와, 여성 · 남성 전부를 활용하는 회사는 경쟁력 차이가 날 수밖에 없는데, 꾸준히 여성 등용책을 펴면 더 많은 여성 인재가 롯데에 몰리지 않겠느냐"는 것이다. 특히 그는 육아휴직을 '인력 손실'로 보는 시각에 반대한다. "손실이 아니라 '주어진 여건'이라고 보고 그 안에서 성과를 내야 한다"는 것이다. 전 소장은 "1년여의 휴직(공백)만 생각하지 말고, 그들이 그뒤 40~50대까지 이뤄낼 성취를 생각해 보라"고 덧붙였다.

'엄마는 아이의 첫 번째 롤모델!' 롯데 워킹맘들의 책상 위에 놓인 거울에 새겨진 문구다. 전 소장이 '여직원들의 책상에 반드시 놓여 있는 물건'을 찾아내라고 지시해서 만든 거울 위에, 정 대리가 워킹맘들의 마음을 다잡아줄 문구를 골라 새겼다. 이들은 앞으로도 워킹맘들을 회사에 '지독하게' 붙잡을 계획이다.

　　　　　－'육아휴직은 인력손실 시각 곤란…', 2014년 9월 9일자 《한겨레》.

'홈퍼니'는 세계적 추세

'홈퍼니'는 홈home과 컴퍼니company의 결합어로, 가정과 일의 조화가 잘 이루어지는 회사를 의미하는 신조어다. 누가 만들었는지는 몰라도 참 잘도 만든 말이다. 앞에서 두 회사의 사례만 들었지만,

이 외에도 많은 회사에서 가정과 일의 조화를 이루기 위해 노력하고 있고, 소위 '잘 나가는 기업'들이 이런 노력의 선두에 서 있다.

복지제도가 잘 되어 있는 유럽은 차치하더라도 미국의 경우는 어떨까? LG경제연구소가 최근 미국 여성잡지《워킹 마더》가 선정한 '워킹맘이 일하기 좋은 100대 기업'을 분석한 결과 '잘 나가는' 기업일수록 탄탄한 직장맘 지원 프로그램을 갖고 있는 것으로 나타났다.('맞벌이 권하는 사회, 육아맘 내치는 사회', 2014년 2월 10일자《아시아경제신문》)

이는 맞벌이 부부가 증가하면서 기업이 직원들의 육아에 신경을 쓰지 않으면 생산성이 떨어질 수 있다는 연구와 경험의 산물로 보인다. 이제 기업이 생산성 향상 차원에서라도 가족 친화 프로그램을 고민할 수밖에 없는 시대인 것이다.

내 일상부터
바꿔 나가기

제도와 현실의 괴리

사실 우리 사회도 법과 제도는 가족 친화적으로 구축되어 있다. '남녀고용평등과 일·가정양립지원에 관한 법률'에 의하면 좋은 제도가 많다. 출산휴가나 육아휴직은 당연히 보장되고, 육아휴직을 신청할 수 있는 만 8세 이하 또는 초등학교 2학년 이하 자녀를 둔 부모가 주당 15~30시간으로 근로시간을 낮출 수 있는 '육아기 근로시간 단축 제도'와 임신 초기 직장 여성의 유산 고민을 줄이기 위한 '임신기 근로시간 단축 제도'도 도입되었다.

그러나 '육아기 근로시간 단축 제도'와 '임신기 근로시간 단축 제도'는 고사하고 육아휴직조차 맘 편히 쓰는 직장맘이 얼마나 되겠는가. 다음과 같은 기사를 보자.

C 중견기업에 다니는 D씨(31·여)는 걱정이 태산이다. 지난달 임신 사실을 알게 된 2개월차지만 회사에 섣불리 이야기를 꺼내기가 두렵다. 업무는 많은데 회사에 일할 사람이 부족하기 때문이다. 육아휴직을 사용하기 어려운 분위기 탓에 여러 여성 동료들이 임신 또는 출산과 함께 직장을 그만뒀다. D씨도 임신기 근로시간 단축 제도가 시행된다는 소식을 들었지만 과연 신청할 수 있을까 하는 의문이 들었다. 법으로 보장된 권리라지만 상사들이 온갖 이유를 들어 회유와 압박을 할 게 뻔하다. 끝내 근로시간 단축 청구권을 사용하겠다고 굽히지 않을 경우엔 이기적이라는 비난과 함께 엄청난 분란이 일어날 것도 틀림없다. 회사와 싸워봤자 이득 될 게 없고 뱃속의 아기에게도 좋지 않아 큰소리를 내고 싶지 않다. 하지만 임신 초기에라도 근로시간을 줄여 스트레스를 덜 받고 싶은 마음이 크다. 유산에 대한 두려움이 크기 때문이다.
　　-'임신기간 근로단축 시행한다는데…', 2014년 9월 19일자《국민일보》.

사고의 전환이 필요하다

육아기 근로시간 단축, 임신기 근로시간 단축 제도를 이용하겠다는 근로자의 청구를 허용하지 않는 사업주에 대한 제재가 너무 약한 것도 문제지만, 그보다 더 중요한 것은 그 제도를 이용해도 불이익을 보지 않는 문화가 정착되는 것이다.

나는 주위에서 여성 직장 동료와 일하는 것을 꺼리는 남자들을 많이 접한다. 그런데 적어도 맞벌이 부부인 남자는 그러면 안 된다. 자기 아내에 대해 다른 사람들이 꺼려할 것을 생각한다면 말이다.

더 나아가 맞벌이 부부인 남자가 아니더라도 좀더 이성적으로 사고하면 어떨까. 여성 직장 동료의 출산과 육아로 인해 생긴 공백을 메꿔야 하는 처지에서 불만을 토로하는 것은 십분 이해하지만, 모성보호는 우리 사회가 건강한 사회가 될 수 있도록 유지해 주는 가치라는 점을 끊임없이 상기한다면 불만이 조금 누그러질 것이다. 유네스코가 주는 제11회 여성생명과학상 학술진흥상 수상자로 선정된 이공주 이화여대 약대 교수는 "아이에 대한 애정은 많이 들여다보기 때문에 생긴다. 남성에게도 생명, 아이를 더 들여다볼 수 있는 기회를 만들어주면 남성이 변하고 사회가 바뀔 것"이라고 주장했다는데, 백 번 옳은 말이다.

각자의 일상에서 변화 시작하기

임정욱 스타트업 얼라이언스 센터장이 2013년 11월 18일자《한겨레》에 '저녁이 있는 삶과 창의력'이라는 제목으로 실은 글에 다음과 같은 대목이 있었다.

2009년 초 보스턴에 있는 미국 회사의 최고경영자CEO로 부임했을 때의 일이다. 처음 한동안은 간부 직원들에게 저녁 식사를 같이 하자고 청했다. 매일 아침저녁으로 약속을 잡고 바쁘게 살던 한국에서의 버릇이 그대로 남아 있어서였다. 친밀도도 높이고 회사 이야기를 깊이 할 수 있는 기회라고 생각했다. 그런데 묘하게 사람들은 나와 같이 저녁 시간을 보내는 것을 꺼렸다. "집에 물어보고 가능한지 알려주겠다"고 답하는 경우가 많았다. 오래 지나지 않아서 알게 됐다. 미국에서 아주 중요한 일이 아니고서는 회사일로 상대방의 저녁을 청하는 것은 실례였다. 반대로 내게 저녁 시간을 내주길 요청하는 미국인의 경우는 "가족들에게 폐가 되지 않겠느냐"고 꼭 물어봤다.
그런 문화를 알게 된 뒤에는 나도 가급적이면 저녁 약속을 잡지 않았다. 온갖 복잡한 사회관계, 각종 모임, 경조사에서 벗어나 아는 사람이 전혀 없는 보스턴으로 이사 간 나는 한국에 있을 때와는 비할 수 없이 많은 저녁과 주말을 가족과 함께할 수 있었다. 그리고 업무시간 이외의 많은 시간을 미국 사회와 정보기술IT 업계를 이해하기 위한 공부에 투자할 수 있었다. 그리고 그 생각과 경험을 블로그 등에 글로 옮길 수 있었다. 한국에 계속 있었다면 상상하기 어려운 일이었다. 새로운 것을 배우고 '생각의 힘'을 키울 수 있었던 귀중한 시간이었다.

임정욱 센터장은 창의력 향상을 위해서라도 '저녁이 있는 삶'이 필요하다는 주장을 하고 싶었던 것 같은데, 나는 이 글을 읽고 가족과의 대화 시간을 원하는 사람에게 그 시간을 뺏는 것은 잘하는 짓이 아니라는 점을 깨달았다. 그 후로는 나도 가급적 저녁 약속 잡는 것을 자제할 뿐더러 무조건 2차, 3차를 부르짖던 습관도 많이 고쳤다. 개인의 일상생활이 조금씩 바뀌어야 사회가 바뀐다.

근로시간 단축으로
일자리 나누기

저녁이 있는 삶도 양극화?

앞에서 나는 내 경험을 토대로 부부간 협업을 통한 '저녁이 있는 삶'에 대해 이야기했다. 그러나 4인 가족이 모두 함께 있는 시간이 많지 않은 우리 가족 역시 진정한 의미에서 저녁이 있는 삶을 누리고 있지는 못하다. 다만 남편이 가족과 함께할 수 있는 시간을 확보해 가사 및 육아를 분담함으로써 그렇지 못한 가구에 비해 가족이 함께할 수 있는 시간을 더 많이 확보할 수 있었다는 점을 말하고 싶었다.

그런데 내 경우처럼 욕심을 조금만 내려놓으면 가족과 함께할 수 있는 시간을 확보하는 것이 가능한 직장인이 얼마나 될까. 유한 킴벌리처럼 직원들에게 저녁이 있는 삶을 보장하면서도 지속가능한 회사는 또 얼마나 될까.

나는 이 대목에서 국가가, 정치가 해야 할 일이 있다고 생각한다. 조금만 욕심을 내려놓으면 저녁이 있는 삶을 누릴 수 있는 중상위 이상의 계층에 대해서는 그들이 욕심을 내려놓아도 크게 손해 보지 않는 환경만 조성해 주면 된다. 욕심을 내려놓고 저녁이 있는 삶을 선택할지 아니면 초경쟁적 삶을 선택할지는 그들의 몫이다.

문제는 욕심을 내려놓는다는 말이 어색한 계층, 즉 중위 계층과 아등바등 기를 쓰고 노력해도 인간다운 삶을 영위하는 것이 힘든 하위 계층에 대해 어떤 정책을 수립해야 하는가에 있다. 국가가 이 문제에서 손을 놓으면 결국 '저녁이 있는 삶'도 양극화될 수밖에 없다.

이에 대해 부자에게 많이 거두어 가난한 사람들에게 복지를 제공하면 된다는 식의 단선적 주장은 현실적으로 설득력도 낮고 공감대도 넓게 얻지 못하는 상황이다. 그럼 어떻게 해야 할까?

나는 근로시간 단축을 통한 일자리 나누기, 일자리 나누기를 통한 완전고용 달성이 가장 중요한 복지정책이라고 생각한다. 어려운 문제이기는 하지만, 자동차 회사에서의 샐러리맨 생활을 경험해 본 입장에서 여기에 대해 짧은 소견을 피력할까 한다.

평등주의를 지향하는 국민들의 소득 격차

대한민국 국민들 사이의 소득 격차가 다른 나라와 비교했을 때 더 큰 편인지 작은 편인지는 명확히 판단하기 어렵다. 다만 대한민국 국민들이 평등주의적 지향이 강하다는 점에 대해서는 국내외 전문가들 사이에 이견이 없는 것 같다. 오죽하면 평등주의가 지배하는 남한에 자본주의가 뿌리를 내린 것이 이해하기 어렵다는 주장까지 존재하겠는가.

평등주의적 지향이 강한 대한민국 사람들이 보기에 지금의 대한민국은 격차가 큰 사회다. 대기업과 중소기업의 격차, 정규직과 비정규직의 격차, 대졸자와 고졸자의 격차, 명문대 출신과 비명문대 출신의 격차 등이 너무 크다고 생각하기 때문에 우월한 지위를 차지하기 위해 기를 쓰고 경쟁을 하게 된다. 여기에 사회안전망까지 부실해서 한번 획득한 우월한 지위를 잃어버린다는 것은 죽음과도 같은 공포 그 자체다. 이런 체제가 우리 국민 전체에게 저녁이 없는 삶을 강요해 왔다.

스웨덴의 사례

사회학자 송호근 교수는 《이분법사회를 넘어서》에서 스웨덴에서 기업간 임금 격차가 축소된 내용을 다음과 같이 정리했는데, 우리의 나아갈 바에 대해 시사하는 바가 크다고 생각한다.

국내에 독점 기업, 중간 기업, 한계 기업이란 세 유형의 기업이 있다고 하자. 독점 기업은 경쟁력이 높고 지불능력이 높아 노동자들에게 고임금과 수준 높은 복지를 제공한다. 중간 기업은 그럭저럭 현상유지를 해나가는 평균적 기업이고, 한계 기업은 경쟁력이 낮은 취약 기업이어서 저임금에 수준 낮은 복지를 제공할 수 있을 뿐이다.

(…) 스웨덴의 해결 방식은 달랐다. 일단 임금 가이드라인을 정해서 중간 기업의 임금을 살짝 상회하는 선을 권고했다. (…) 독점 기업은 임금의 일정 부분을 양보했고, 중간 기업은 약간의 임금인상을 감수했다. 반면 임금 가이드라인을 충족시키지 못하는 한계 기업은 정부가 파산을 유도했다. 독점 대기업과 중간 기업 간 임금 격차는 줄어들었다. 소득 불평등이 대폭 축소된 것이다. 이른바 '연대임금'이란 이름이 붙여진 이유이다.

그렇다면 독점 기업의 노동자들은 임금을 양보하고도 만족했을까? 중간 기업은 높아진 임금 비용을 어떻게 감당했을까? 한계 기업은 어떻게 처리했을까?

정부의 사후조치는 이렇다.

- 독점 기업의 노동자들이 양보한 임금을 공적 기금으로 만들어 노동자 복지에 사용한다. 독점 기업은 노동자들의 임금 양보로 경쟁력이 더 높아졌다.
- 중간 기업에게는 지불능력을 높이기 위해 세금감면을 포함하여 정책 지원금, 이자율이 낮은 산업 자금, 각종 복지제도 등의 공적 지원을 제공한다. 고율의 조세 국가에서 세금감면은 매우 매력적인 유인책이다.
- 한계 기업은 도산을 유도한다. 한계 기업의 실직자들은 '노동시장정책'의 관리 대상인데, 1년 동안 재훈련과 재숙련 과정은 물론 재취업에 이르기까지 모든 과정을 국가가 관리한다. 재취업 기간 동안 실직 전 임금의 90퍼센트가 제공되고 재취업 기관이 타 지역에 있는 경우에는 이사비용을 제공한다.

—송호근, 《이분법사회를 넘어서》, pp. 156~157.

연대임금에 대한 문제의식

현대자동차는 꿈의 직장이다. 현대자동차 정규직 노동자는 우리 사회의 생산직 노동자 중 거의 유일하게 질시와 부러움의 대상이 되는 존재다. 24시간 공장 가동을 해야 설비투자의 효과를 극대화할 수 있는 자본가와 가장으로서의 책임감 때문에 주·야간 맞교대라는 어려운 여건을 감수해야 하는 생산직 노동자의 조합으로 이루어졌던 이 회사는 지금은 주·야간 맞교대마저 폐지되고 주간 연속 2교대제로 운영되고 있다.

2012년 8월 말 현대자동차 노사는 오랜 세월에 걸쳐 논의되던 주간 연속 2교대제에 합의했는데, 당시 합의된 안은 1조가 8시간(오전 6시 40분~오후 3시 20분), 2조가 9시간(오후 3시 20분~밤 01시 10분, 잔업 1시간 포함) 근무하는 안이었다. 주·야간 맞교대제에 비하면 밤샘노동(01시 10분~06시 40분)이 없어지고 전체 노동시간도 줄어들었기에 이는 마땅히 쾌거로 불릴 만했다. 그러나 이것이 최선이었나 하는 아쉬움이 있다. 앞에서 언급한 스웨덴의 '연대임금'의 문제의식이 보이지 않기 때문이다.

주간 연속 2교대제로 노동시간이 단축되면 아무리 회사가 설비투자를 늘리고 노동자들이 그 전보다 더 열심히 일한다 해도 생산량이 줄어들게 되어 있다(최소한 더 늘어날 수 있는 생산량이 늘어나지 못한다). 내가 가진 의문은 현대자동차 울산 공장 노동자의 임금은 감소했을까, 감소하지 않았다면 줄어든 생산량에 상응하는 매출 감소는 누가 감당했을까, 회사와 노조가 서로 떠넘기다가 결국에는 현대자동차 비정규직 노동자나 현대자동차 하청업체에게 전가되지는 않았을까, 임금이 줄어들지 않는 근로시간 단축을 경험한 경영진이 과연 정규직 신규 채용에 어떤 태도를 보일까 하는 것이었다.

참고로 사회디자인연구소 김대호 소장에 의하면, 비슷한 시기에 교대제를 바꾼 현대자동차 앨라배마 공장, 기아자동차 조지아 공장은 주야 10/10 2교대제를 3교대제(8/8/8시간)로 전환했다고 한다. 3교대제 전환으로 당연히 신규 고용이 늘어났고, 신규 고용이 늘어남에 따라 생산량이 늘어났으며, 노동자들의 임금은 감소했다고 한다.

흔히 대기업 위주의 정책을 펴도 이제는 낙수효과落水效果, trickle-down effect가 없기 때문에 정책 기조를 바꿔야 한다고 하는데, 대기업 노조를 밀어주면 비정규직 노동자 등의 약자에게 혜택이 돌아갈 거라는 믿음도 사라진지 꽤 된 것 같다. 물론 회사가 이익을 창출한 만큼 노동자가 임금을 받아야 한다는 생각은 틀린 것이 아니기 때문에 현대자동차 노조를 비난할 생각은 없다. 그러나 회사와 노조의 힘겨루기 결과로 등이 터지는 비정규직 노동자나 하청업체, 청년

실업자 입장에서는 현대자동차 노조를 옹호할 이유도 없다고 나는 생각한다.

일자리 나누기의 중요성

일자리 나누기로 연결되지 않는 근로시간 단축은 그렇지 않아도 좋은 직장을 더 좋은 직장으로 만들어 좋은 직장에 들어가기 위한 경쟁을 더욱 부추기는 결과를 초래하는 면이 있다. 따라서 앨라배마 공장, 조지아 공장과 달리 울산 공장에서는 왜 3교대제가 되지 않았을까 하는 문제의식을 가지고 사회의 격차 해소를 위한 대안을 마련해야 저녁이 있는 삶이 가능할 것이다.

일자리 나누기가 중요한 또 하나의 이유는 완전고용이 달성되지 못하면 지속가능한 복지가 불가능하기 때문이다. 일을 해서 세금을 낼 수 있는 사람이 많아야 복지 재원 확보가 가능하다. 그게 뭐가 중요하냐, 법인과 많이 가진 자에게 더 많이 걷으면 되는 것 아니냐는 주장을 하는 사람들은 십중팔구 남의 돈 가지고 남의 일에 돈을 쓰는 자세를 가지고 있음에 틀림없으므로 경계해야 한다(사람이 돈을 쓸 때 가장 큰 효용을 얻을 수 있는 경우는 자신의 돈을 자신을 위해 쓸 때이고, 최악의 경우는 남의 돈을 남을 위해 쓸 때라는 재미있는 견해가 있다. 남의 돈을 남을 위해 쓸 때 사람들은 돈을 함부로 쓰게 되고, 혜택을 받는 사람은 진정 자신이 원하는 것을 받지 못하게 된다. -이기정, 《교육을 잡는 자가 대권을 잡는다》, p. 220).

2015년 3월 21일자 《시사인》 '월급봉투 안에 경제성장 있다'라는 제목의 기사를 보면, 기아자동차 광주 공장이 아닌 다른 부지에 공장을 세워 연봉 3000만~4000만 원 수준의 일자리(기아자동차 광주 공장의 평균 연봉은 8500만 원)를 대규모로 창출하겠다는 윤장현 광주 시장의 말이 나온다. 이런 시도가 성공하기 바란다.

세금에 대한 우리의 자세

복지에는 재원이 필요하고, 재원은 세금에서 나온다. 재원 마련과 관련해 우리나라의 소득세 및 법인세 구조가 소득재분배 기능을 발휘할 수 있도록 개혁하는 것도 중요하지만, 그 못지않게 중요한 것은 사회 구성원 모두가 증세 문제를 자신의 문제로 여기는 것이다. 세금에 대한 우리의 자세에 대해 적절히 지적한 칼럼을 소개하면서 이 장을 마치려고 한다.

지난해 월급이 조금 올랐다. 팀장이 되면서 팀장수당이란 것도 나오고, 회사 임금체계도 일부 바뀐 탓이다. 실수령액은 그만큼 오르지 않아 월급명세서를 한참 들여다봤더니 소득세를 비롯해 떼가는 돈들이 덩달아 늘었다. 아까웠다. '복지 확대를 위해 증세가 필요하다'는 기사를 몇년 동안 줄기차게 써온 주제에 우스웠다. 남 얘기 하긴 쉽지만 자기 일 되면 만만치 않은 법이다.

(…) 우리나라는 고소득층과 대기업뿐 아니라 중산층과 서민도 세금을 적게 내고 있다는 사실은 여러 통계가 보여준다. 우리나라에서 월급 300만 원 정도 받고 자녀가 두 명인 근로자는 한 달에 7만 2000원을 소득세로 낸다. 다른 경제협력개발기구 나라에서는 같은 조건이면 30만 원 정도를 낸다. 스웨덴 같은 복지 선진국에서는 한 달에 90만 원 정도를 내야 한다. 물론 고소득층은 훨씬 더 낸다. 부가가치세도 20퍼센트가 넘는다. 대신 아이 키우기도, 병원도, 대학도, 노후도 큰 돈 들어가지 않는다. 이런 서비스를 '공동구매'하는 것이다. 내는 돈은 부자가 더 많은데 받는 서비스는 똑같으니 중산층과 서민에게 훨씬 좋다. 그래도 부자 증세를 먼저 하고 중산층 증세는 나중에 해야 하지 않느냐고? 이렇게 생각하면 어떤가? "나도 더 낼 테니 당신들(부자들)도 더 내라. 우리 같이 형편껏 더 내자."

고소득층은 이미 많이 내고 있다고 당당하고, 중산층은 대출금에 교육비에 남는 돈이 없단다. 월급쟁이는 자신들만 유리지갑이라 투덜거리고, 자영업자는 카드결제 때문에 숨을 구석이 없다고 불만이다. 개인들은 돈 잘 버는 기업이 내라 하고, 기업은 다른 나라만큼 내고 있다고 맞선다. 서로 미루면 결과는 뻔하다. 현상유지다. 현상유지가 가장 좋은 계층은 이미 많이 가진 사람들이다. 나 자신의 이중사고부터 깨야 한다.

　　　　　　　–안선희, '당신도 나도 더 내야 한다', 2015년 1월 11일자 《한겨레》.

3장

'사교육 걱정 없는' 우리 집

둘째가 찰흙으로 만든 우리 가족. 아빠 넥타이가 너무 크게 나왔다며 웃었다.

적기교육이
어려운 시대

'나의 학원교육 분패기'

2011년 5월 4일자 《한겨레》 독자 투고란에 실린 '나의 학원교육 분패기'라는 제목의 글은 그야말로 충격이었다. 유능하면서도 정직한 학부모로 추정되는 글을 투고한 윤현희 씨의 정당하고 소박한 분노가 뇌리에서 떠나질 않았다. 팔딱거리는 그 글을 일단 한 번 그대로 읽어보자.

우리 아이는 중2 남학생이다. 내 아들이라서가 아니라 성실하고 총명하고 착하다. 사교육이라고는 'ㅇ선생영어교실'의 테이프와 교재로 영어공부를 하는 것뿐인데도, 초등학교 성적은 늘 상위권을 유지해 주었다. 중학교에 와서도, 초등학교 때 중학교 수학을 끝내놓은 주위 친구들보다 수학 성적이 더 좋았다. 아들에게 수학은 언제나 즐겁고 호기심을 갖게 하는 과목이었고, 수를 갖고 노는 것이 너무나 재미있어 아이들이 수학을 왜 싫어하는지 이해할 수 없다고 했다.

수학 선행학습은 시키지 않았다. 나의 지론은 '수많은 교육학자들이 오랫동안 연구하여 가장 이해하기 쉬운 나이에 가르치게 되어 있는 내용이 교과과정이고, 따라서 어려서 이해할 수 없는 내용을 이해하려 시간 낭비할 필요 없다. 수학은 그 나이가 돼서 배우면 바로 이해된다'였다. 또한 '우리 아이는 수학에 수월성이 있는 아이다'라고 여겼다. 문제는 이거였다. 교육학자와 교육과정, 그리고 아들의 능력에 대한 과신! 그 과신에 대한 대가는 혹독했다.

중학교에 들어가자 영어와 수학은 수준별 수업이라고 하여 상·중·하 반으로 나뉘었다. 수학 상반이었던 우리 아이가 수업시간에 가장 자주 들은 말은 "너희들 이건 다 알지?"였단다. 수업시간에 설명을 해주는 것이 아니라 이미 안다는 것을 전제하고 문제풀이만 시킨다는 것이다. 상반이라 대부분이 선행학습이 돼 있기 때문에 그랬단다.

아무리 수학을 좋아하는 아이라도 뭘 배워야 문제를 풀 것 아닌가. 그제야 정신이 들었다. 아들이 초등학교 고학년이 되자 수학 선행학습을 시켜야 하지 않냐며 걱정해 주던 친구들.(물론 나는 나의 '지론'을 들먹이며 외려 그들을 설득했다. 모두들 "참 대단하다"고 말해 주었는데 나는 그때 참 통쾌했다. 그러나 그때 그렇게 통쾌하면 안 되는 거였다. 그들은 정말 뭔가를 제대로 알고 있었던 거였고, 나를 대단하다고 한 것은 '너 그러다 후회한다'의 다른 말이었던 거였다.) 그들이 왜 그랬는지, 왜 선행학습을 그렇게 강조했는지 그제야 알게 되었다. 수학시간에는 내용을 가르치지 않는다!

그제야 "이른바 '스카이(SKY) 대'를 가려면 아빠의 재력, 아이의 실력, 엄마의 정보력 3박자가 갖춰져야 하는데, 나는 그중 마지막 하나가 모자라네"라는 아들의 비아냥 섞인 원망을 들으며 수학을 어떻게 해야 할지 고민하기 시작했다. 수학은 어차피 혼자 해야 하는 거라는 또 다른, 그 망할 놈의 '지론'을 고집하며 인터넷 강의를 신청했다. 아이는 잘 따라 했고 따로 문제집을 풀었다.

그래서 겨우겨우 90점 이상을 받았다. 그러나 초등학교 때처럼 수학을 좋아하고 즐거워하지는 못했다. 1학년 겨울방학 때 혼자서 인터넷 강의로 2학년 1학기 선행학습을 하던 아들은 이제 아이들이 왜 그렇게 수학을 싫어하는지 이해하게 되었다고 말했다. 수학이 이렇게 재미없는 것, 오직 압박으로만 다가오는 과목이라는 걸 알게 되었다는 것이다.

문제가 더 확실해진 것은 올 3월, 4년간 서울 홍은동과 도곡동을 오가던 남편의 편의를 위해 우리가 강남, 그것도 도곡동으로 이사를 오면서였다. 아이가 전학한 학교는 이전의 강북 학교보다 공부를 열심히 하는 아이들이 7배쯤 많다고 했다. 아마도 예전 전교 등수가 여기선 반 등수가 될 것 같다던 아이의 말은 이번 중간고사를 보면서 사실로 판명되었다. 여기서도 문제는 수학이었다. 혼자서 인터넷 강의를 듣고 문제집을 열심히 풀면 90점 이상은 받을 수 있었던 강북과는 달리 이곳의 수학 시험문제는 손을 못 댈 문제가 5문제쯤 있었단다.

공부를 덜 했느냐? 아니다. 우리 아이는 공부하는 것을 지켜본 이래로 가장 열심히 했다. 1000문항 이상의 문제를 풀었고, 학교에서 내준 프린트물을 4번 이상 풀었다. 오답노트도 만들어 연습했고, 어렵기로 소문난 문제집의 최고 바로 아래 단계(최고단계 문제는 원래 고등학교 과정을 알아야 풀 수 있는 문제란다)까지 모두 풀었다. 모르는 문제는 친구들에게 물어봤다. 그러나 시험 결과는 다른 아이들보다 15점 이상 낮았다. 문제가 너무 어려웠고 시간도 부족했단다. 아이는 시험을 보면서 '더 이상 혼자 할 수는 없겠구나'라는 생각을 했다고 한다. 바로 친구들이 다니는 수학학원을 알아왔다.

그래, 더는 고집부리지 말자. 나의 '지론'은 모두 틀렸다. 수학은 일찍 많이 알수록 좋고 당연히 다른 사람의 도움을 받아 모르는 것은 바로바로 물어봐서 명쾌히 알아야 한다. 시험문제를 왜 그렇게 어렵게 내는가, 알아야 할 것을 알고 있는지만 물어보면 되는 거 아닌가 하는 의문은 필요 없다. 학교에서는 아이들의 수학 성적을 가장 편리한 변별 수단으로 여겨, 될수록 수학문제를 어렵게 낸다. 이러는 판국에 어떻게 수학을 혼자 하나. 학원교육을 거부하지 말자. 까짓것, 하나 보내면 된다. 그러면 몸도 편하고(무식하게 1000문제씩 혼자 끙끙대며 풀지 않고 학원 선생님들이 정선한 문제만 풀고, 모르면 바로바로 물어봐서 알면 되니) 맘도 편하다. 이 편한 것을 왜 지금까지 그렇게 하지 않은 걸까.

그러면서도 맘이 쓰리다. 속상하다. 속이 많이 상한다. 그 이유는… 패배감 때문이다. 나는 아이를 걸고 학원교육과 한판 대결을 벌였던 거다. 안 하면 안 되는 것처럼 모두가 말하는 그런 학원교육 없이도 우리 아이는 우등생이라는 자랑거리를 만들겠다는 허영이 있었던 거다. 그러나 세상이 어디 그렇게 만만한가. 나의 소신과 지론은 무모함과 허영으로 판정 났다. 나는 패배했다. 분하지만 사실이다. 나는 학원교육에 분패했다. 내가 이 나라를 떠나지 않는 한, 우리 아이가 자존감을 잃지 않도록 하려면 나는 아이를 학원에 보내야 한다. 아침 8시에 나가 오후 4시에 돌아온 아이를 다시 학원으로 보내야 하는 것이다. 내패배의 대가다.

공교육 붕괴에 대한 성토

자신의 정당한 소신과 지론이 학원 교육 없이도 우리 아이는 우등생이라는 자랑거리를 만들겠다는 '허영'과 무모함으로 판정났다고 선언하는 부모의 억울하고도 쓰라린 심정을 아는지 모르는지, 윤현희 씨의 투고 글에 대해 나름 교육문제에 탁견을 지닌 분들이 충고와 조언을 하는 한편, 자신이 생각하는 대안들에 대해 이야기했다.

그런데 내가 보기에는 윤현희 씨의 고민의 본질을 정면에서 받아 안기에는 부족한 주장들이 많았다. 그래서였을까, 윤현희 씨는 다시 한 번 핵심을 말해야겠다고 마음먹은 듯 2011년 5월 13일, '나의 분패기는 공교육 성토였다'라는 제목으로 해명성 재반론을 했다.

그는 학교에서 가르쳐야 할 것은 더도 덜도 말고 학교에서 가르쳐야 한다는 것과 학교에서 가르치는 것 이상을 학생들에게 요구하지 말라는 것을 이야기하고 싶었다고 했다. 학생 변별을 위해서라는 이유로, 그 과정 공부만으로는 아무리 열심히 해도 도저히 제 시간에 풀 수 없는 수준의 학교 시험문제가 횡행하는 공교육 붕괴 현상과 그런 공교육 붕괴 현상이 소위 학생들 사이의 변별력을 우선시하는 상급 학교의 심악스러움에서 비롯되었다는 점에 대해 함께 성찰하고 고민하자고 했다.

대학이 어떻게 하면 (우수한) 학생을 잘 뽑을까 하는 경쟁 대신 어떻게 하면 잘 가르칠까 하는 경쟁을 해야 한다는 주장이 오래전부터 제기되었지만, 대학은 여전히 잘 가르치기 위해서라도 잘 뽑아야 한다는 논리를 내세워 변별력 확보에 심혈을 기울인다. 여기에 특목고 및 자사고, 더 나아가 소위 국제중까지 가세하니 공교육 현장이 초등학교에서부터 붕괴되고 있는 것이다.

나는 변별력 확보라는 것이 전혀 필요 없다고 생각하지는 않는다. 어쩌면 가르치는 사람의 입장에서 보면 말귀를 잘 알아듣는 제자를 선호하는 것이 당연할 수도 있다. 그러나 정도가 지나치면 곤란하다. 한 사회의 최고의 전문가들이 학생들의 발달 정도에 맞게 설계해 놓은 교육과정을 충실히 이행하는 것만으로는 따라잡을 수 없는 학교 수업과 시험으로 인한 공교육 붕괴, 이런 부작용을 유발하는 수준의 변별력 확보 경쟁은 대다수 학생 개인의 영혼을 좀먹고 궁극적으로 사회의 건전한 발전을 좀먹는다.

선행학습이라는 이름의 조직적 컨닝과 저녁이 있는 삶

선행학습 때문에 공교육이 붕괴되었는지 공교육이 붕괴되어 선행학습이 창궐하는 것인지 나는 따지고 싶지 않다. 분명한 것은 작금의 조직적 선행학습은 일종의 조직적 컨닝이라는 사실이며, 조직적 컨닝의 대열에 동참하지 않는 학부모는 웬만한 강심장이 아니고서는 항시적 불안감에 시달릴 수밖에 없다는 점이다.

공교육의 질이 높아진다고 사교육이 없어지는 것은 아니겠지만, 현재의 선행학습 위주의 사교육은 도가 지나치다. 더욱 문제가 되는 것은 이 빌어먹을 망국적 사교육이 저녁이 있는 삶을 가로막는 장애물 중 하나라는 것이다.

부모들은 많이 벌든 적게 벌든 가계 지출에서 큰 비중을 차지하는 사교육비 때문에 계속해서 장시간 근로를 해야 하고, 자녀들은 방과 후에 학원 뺑뺑이를 도느라 부모와 대화할 시간이 없다. 이렇게 가족 구성원 개개인의 삶에 여백이 없으니 강인한 정신력의 소유자가 아닌 청소년은 정신과 치료를 받으러 소아·청소년 정신과에 자주 들락거린다. 현재의 과잉교육경쟁 체제가 소아·청소년 정신과 의사들의 음모에서 비롯된 것은 아닌가 의심이 들 정도다.

과연 공교육이 정상화되고 우리 아이들이 저녁이 있는 삶을 누릴 수 있는 시대가 올 수 있을까? 어떻게 해야 그것이 가능할까?

입시지옥 해소,
그 가능성을 향해

입시전쟁의 경제학

지금은 고인이 되신 김기원 교수는 저서 《김기원의 경제학포
털》에서 대학 진학을 선택하기로 결심한 사람을 상정한 후, 그가 가
능하면 명문대학에 가려고 치열하게 경쟁하는 이유를 돈을 많이 주
는 소위 '일류 기업'에 입사하기 위해서라고 설명한다. 하지만 임용
고시나 사법시험 등 출신 대학과 무관하게 합격 여부가 좌우되는 시
험을 통해 직장을 잡고자 하는 사람들도 명문대 진학을 위한 입시경
쟁에서 자유롭지 않은 현상을 보면, 단순히 '일류 기업'에 입사하기
위해서만 경쟁을 하는 것 같지는 않다. 우리 사회에서 대학 간판이

가지는 영향력은 훨씬 더 강력하다고 보는 편이 맞겠다.

어쨌든 김기원 교수는 소위 일류 기업들이 주로 명문대 졸업생을 선호하는 이유를 다음과 같이 설명한다.

'좋은 회사'는 왜 명문대 졸업생을 선호하는 걸까? 공부 잘한 학생이 회사 일도 잘한다는 법 없고, 인격이 훌륭한 것도 아닌데 말이다. 엄밀하게 따지면 회사의 이러한 채용관행은 한편으론 한국 기업이 인재를 육성하고 활용하는 방법에 관련돼 있고, 다른 한편으론 노동시장에서 정보가 불완전하다는 점과 관련돼 있다.

먼저 인재육성 방법과의 관련성을 살펴보자. 한국의 '좋은 회사'는 갓 졸업한 인재를 채용해 기업 내에서 교육을 실시해 단계적으로 그들을 보다 높은 지위로 승진시킨다. 이를 '내부 노동시장'이라 한다. 업무능력은 채용 후 훈련시키면 되므로 채용시점에서의 업무능력은 그다지 중요하지 않다. 채용시점에서 가장 중요하게 보는 것은 상급자의 가르침을 얼마나 참을성 있게 효율적으로 배울 수 있을 것인가 하는 점이다. 한 마디로 '훈련효율'이 가장 중요하다. 그리고 훈련효율이라는 관점에서 보면 입시경쟁을 뚫고 명문대학에 진학한 학생들이 가장 바람직한 자질을 갖추고 있다고 볼 수 있다. 이들은 주어진 과제를 효율적으로 처리하는 능력을 이미 검증받았기 때문이다.

예컨대 가전제품을 생산하는 기업을 생각해 보자. 텔레비전이든 세탁기든 소비자의 요구는 대체로 알려져 있다. 또 그것을 만드는 기술은 선진국에서 배우면 된다. 기업의 수익은 팔릴 만한 물건을, 알려진 기술을 이용해 만들되, 얼마나 효율적으로 생산하고 판매하느냐에 달려 있다. 그러기 위해서는 알려진 기술을 빨리 습득하는 능력이 중요하다. 이는 학습능력과 일맥상통한다. 즉, 뛰어난 학습능력을 바탕으로 치열한 입시전쟁을 뚫고 명문대에 들어간 학생은 기업의 수익을 극대화시키는 데 필요한 기술을 습득하는 능력도 뛰어나다는 것이다. 그래서 기업은 명문대 졸업생을 선호한다.

다음으로 노동시장의 정보 불완전성이 어떻게 기업의 명문대 졸업생 선호를 초래하는지 검토해 보자. 명문대 졸업생이 아니라도 훈련효율이 높은 인재는 있으며, 거꾸로 명문대 졸업생 중에 훈련효율이 낮은 인물도 있다. 그러나 회사 측은 일단 써보지 않고서는 누가 훈련효율이 높은지 파악하기 어렵다. 이게 정보 불완전성이다. (…) 훈련효율뿐 아니라 고위 공직자나 정치인과의 연고관계를 중요하게 여기는 기업도 있다. 우리나라 정상의 재벌은 친한 유력 인사가 많은 사원을 우선적으로 승진시킨다고 한다. 그렇다면 입사 후가 아니라 입사 당시부터 친한 유력 인사를 많이 확보할 수 있을 졸업생을 선발하는 게 유리하다. 따라서 만약 고위 공직자나 정치인에 명문대 출신의 비중이 크다면, 기업은 자연히 명문대 졸업생을 선호하게 된다.

고용의 경직성도 명문대 선호를 부채질한다. 고용의 경직성이란 기업이 일단 채용한 직원은 어떻게든 키워서 일을 시키면서 정년까지 데리고 가는 것을 말한다. 이 경우 기업의 인사에서 최대의 위험은 '꼴통' 같은 인물을 채용하게 되는 일이다. 몇십 년간 '꼴통'을 데리고 있어야 한다고 생각해 보라. 명문대 졸업생은 입시지옥을 뚫고 나온 인물이므로 모범생일 확률이 높다. 따라서 명문대 출신을 뽑으면 꼴통을 뽑을 위험이 줄어든다.

-김기원,《김기원의 경제학포털》, pp. 203~206.

기업의 명문대 출신 선호현상이 약화되려면

이와 같은 관점에서 김기원 교수는 소위 '일류 기업'이 명문대 출신을 선호하는 현상이 약화되기 위해서는 다음과 같은 조건이 형성되어야 한다고 주장한다.

후진국의 '선진국 따라잡기'가 어느 정도 진척되면 '알려진' 지식을 습득하기만 하면 되는 시대가 끝난다. '알려진' 것보다 '알려지지 않은'

것을 탐구하는 능력이 중요해진다. 변화하는 소비자의 욕구를 파악하는 시장감각이 필요하고, 본격적인 연구 및 제품개발로 승부해야 한다. 창조력과 감수성의 세계가 시작되는 것이다. 이렇게 되면 입시전쟁이 갖는 경제적 합리성은 약화된다. 만약 창조력이나 감수성이 대학 커트라인과 무관하다면 대기업은 명문대 졸업생에 집착하지 않을 것이다.

출신 대학 이외에 사원을 분별할 수 있는 다른 기준이 발달해도 명문대학 졸업생이냐 아니냐의 여부는 덜 중요해진다. 요즘은 영어 능력이 중요한 하나의 기준이며, 지원자끼리 토론을 시켜본다거나, 등산로에서 물건을 팔게 해본다든가 하는 여러 가지 기발한 방법이 동원되고 있다. 이렇게 큰 비용을 들이지 않고 인재를 판별하는 새로운 방식들이 출신 대학을 따지는 것보다 중요해지면 학벌 지상주의는 사라진다.

노동시장의 유연화도 궁극적으로는 입시전쟁을 해소할 것이다. 노동시장의 유연화란 좋게 말하면 기업에 들어오고 나가는 게 훨씬 자유스러워지는 것이고, 나쁘게 말하면 언제 해고될지 모르는 불안이 심화되는 것이다. 기업의 고용이 보다 유연해지면 명문대 졸업생을 선호할 필요성이 줄어든다. 비명문대 출신을 채용해 혹시 '꼴통'으로 판명되면 중도에 해고하면 되기 때문이다. 창조력과 감수성을 갖춘 인재가 경쟁력의 핵심이 되는 시대에는 '괴짜이지만 좋은' 인재를 놓치는 위험을 막아야 한다. 그렇게 하려면 무난한 모범생만을 뽑아선 안 된다. 그런데 중도채용과 중도해고가 늘어나면 기업은 명문대 출신에 집착할 필요가 없어진다. 꼴통은 중도해고하면 되고 괴짜는 중도채용할 수 있기 때문이다. 이는 대학입시라는 한 번의 승부에서 모든 것이 결정되는 게 아니라 대학입시 이후에도 여러 차례 승부의 기회가 주어짐을 의미한다.

나아가 사회가 투명해져 연고주의가 사라지면 기업의 명문대 졸업생 선호도가 떨어질 것이다. 고위 공직자나 정치인과의 동창관계가 기업의 사업추진에 영향을 미치지 않기 때문이다. 그리고 정규 학교교육에 못지않게 평생교육과 직장교육의 중요성이 커질수록 대학입시에 올인하는 이들이 줄어들 것이다.

-김기원, 《김기원의 경제학포털》, pp. 206~208.

비록 꼴통은 중도에 해고하면 된다는 표현이 거슬리기는 하지만, 기업의 명문대 선호 현상이 약화되기 위한 조건을 현실적으로 잘 설명하고 있다고 생각한다.

학생의 명문대 선호 현상이 약화되려면

사실 기업의 명문대 출신 선호 현상은 이미 약화되고 있다. 기업은 오랜 경험을 통해서 대학 간판과 회사에서 필요로 하는 인재상이 반드시 일치하는 것은 아니라는 점을 이미 파악했다. 내가 2년 동안(1995년 8월~1997년 8월) 다녔던 기업에서도 서울대 출신들이 많은 약점을 노출하면서 회사에서 그리 우대받지 못한 경우가 꽤 있었다. 회사에 들어올 때는 대학 간판이 유리하게 작용했지만 막상 들어온 후에는 장기 레이스로 경쟁해야 하는데, 장기 레이스를 펼치다 보면 결국 자신의 역량이 드러나게 되고, 기업은 그런 경험을 많이 축적한 것이다.

특히 글로벌 무한경쟁 시대가 도래하면서 기업은 살아남으려면 실력 있는 맞춤형 인재를 채용해야 하고, 그러기 위해서는 실력 있는 인재를 발굴하기 위한 노력을 해야 하는데, 그러한 노력도 학벌 거품을 빼는 데 일조했을 것이다. 최근 기업들이 신입사원을 채용하는 것보다 직장생활을 통해 검증된 경력사원을 채용하는 것을 선호하는 풍토도 이와 관련이 있다.

정부도 한국전력 등 130개 공공기관과 '직무능력중심 채용 양해각서'를 체결해, 이들 130개 공공기관이 2015년 신규 채용 규모 1만

7000명 가운데 3000명을 스펙 대신 직무능력으로 뽑도록 했다고 한다. 공공기관이 이렇게 채용 방식을 바꾸면 민간 기업도 영향을 받을 것이다.

이에 반해 학생과 학부모의 명문대 선호 현상은 여전히 위세를 떨치고 있다. 오히려 명문고, 명문중, 명문초등학교, 명문유치원 선호 현상까지 가세하고 있다. 이 대목에 많은 거품이 끼어 있다. 막연한 불안감과 맹목적 간판 숭배에서 비롯된 거품이 빠지지 않는 한 우리에게 저녁이 있는 삶은 요원할 뿐이다. 따라서 다음과 같은 김기원 교수의 지극히 타당한 지적에 더해, 교육 거품을 빼기 위한 운동이 절실히 필요하다.

한편 입시생들이 명문대에 집착하지 않게 만드는 것도 입시전쟁을 종식시킬 수 있는 한 방법이다. 이를테면 좋은 기업과 그렇지 않은 기업의 근로조건 격차를 축소시키는 것이다. 사회보장제도가 발달한 유럽에서는 좋은 기업의 근로자와 그렇지 않은 기업의 근로자가 누리는 삶의 질의 차이가 미국이나 한국만큼 크지 않다. 따라서 기를 쓰고 명문대에 들어가려고 노력하지 않아도 된다. 단, 기를 쓰고 노력하는 풍토가 사라지면 사회가 정체할 수도 있다.

요컨대 기업의 경쟁력을 높이는 데 창조력과 감수성이 중요해지고,

어느 대학을 나왔는가 하는 점 말고도 사원의 능력을 판별할 수 있는 다양한 기준이 생겨나고, 노동시장이 유연해지고, 사회가 투명해질수록 기업의 명문대 선호도는 떨어질 수밖에 없다. 아울러 기업간 격차의 축소나 사회보장제도의 발전은 학생들의 명문대 선호를 약화시킨다. 그렇게 되면 입시전쟁의 치열함도 완화된다. 이런 조건이 구비되지 않은 상황에서는 '학벌사회 철폐'와 '입시지옥 해소'를 아무리 부르짖어도 효과가 없다.

−김기원,《김기원의 경제학포털》, p. 208.

'사교육걱정없는세상'
만세!

정보의 비대칭성, 그것이 문제다

우리나라 법원에 전관예우는 있는가? 없다고는 할 수 없다. 그러나 일반 국민들이 생각하는 정도의 전관예우는 없다고 단언할 수 있다. 나도 친하게 지내는 판사들이 많은 편이라 전관예우와 유사한 이런 저런 유의 경험이 있는 편인데, 판사와의 친분관계가 재판 결과에 미치는 영향은 의뢰인들이 생각하는 것보다 훨씬 적다. 그러나 의뢰인들은 판사들의 정신세계 및 증거재판주의에 대해 잘 모르기 때문에, 승소하면 변호사와 판사의 친분관계가 영향을 미쳤다고 믿는 경향이 있다. 이런 과도한 인식은 과도한 수임료로 연결되기도

하는데, 그것도 거품이다.

나는 사교육의 효과, 학벌의 효과에 대해서도 실제보다 부풀려진 인식이 횡행하고 있다고 생각한다. 정확한 정보를 제공받지 못하기 때문이다. 앞에서도 언급했듯 현재 기업은 단순히 대학 간판만 보고 직원을 채용하지 않는 반면, 학생들은 여전히 대학 간판에 과도하게 집착한다. 얼마 전 신문기사를 보니 요즘에는 고졸자보다 낮은 임금을 받는 4년제 대학졸업자도 꽤 많아졌다는데, 이런 정보들이 정확히 제공된다면 무리해서 대학을 가는 현상이 다소라도 완화될 것이다.

어느 사교육 강사가 학부모에게 쓰는 편지

사교육의 효과는 어느 정도나 있는 걸까? 이에 대해 나는 전문가를 자처하는 학원 강사가 animamus(tmzkdl1******)라는 필명으로 2014년 12월 9일 포털사이트 '다음'에 올린 글 중 일부를 소개하고 싶다. 나는 모두가 공부를 잘할 필요도 없고 잘할 수도 없다고 생각하지만, 자기 혹은 자기 자녀가 공부를 잘했으면 싶은 학생이나 학부모라면 반드시 아래 글을 읽어볼 필요가 있다고 생각한다.

저는 사교육 강사입니다.

고3을 전문으로 하고, 돈은 꽤 법니다.

구체적 액수는 말 안 하겠습니다.

한 달에 억대를 버는 스타급 강사는 아니지만, 예약한 학생이 몇 달씩

기다리는 정도는 됩니다.

거두절미하고 한 말씀만 드리겠습니다.

제발, 제발, 사교육으로 성적 해결하려 들지 마세요. 부탁입니다.

초딩들 학원 뺑뺑이 돌리지 마세요.

아이 망치는, 인성 적성 이런 거 다 집어치우고 성적 망하게 하는 주범

입니다.

초딩 때부터 기초를 잡아야 한다고요?

공부하는 습관을 들여야 한다고요?

학원 뺑뺑이 돌려봐야 기초도 안 잡히고, 공부하는 습관도 안 듭니다.

그저 시험문제 푸는 요령, 답 외우기만 배워올 뿐입니다.

(…)

공부는 혼자 하는 습관을 들여야 나중에 효과를 봅니다.

과외, 학원 오래 다닌 애들, 고딩 되면 어느 강사의 말도 안 먹힙니다.

그거 시험 비법만 찾게 되죠.

비법 안 가르쳐주면 다른 선생으로 바꿉니다.

요령 가르쳐주면 선생 실력 있다고 하구요.

이렇게 요령만 배우려고 드니까 수능 망치고 징징 거립니다.

(…)

제 주변의 한다 하는 사교육 강사들, 지 새끼 학원 안 보냅니다.

저도 아직 학원 안 보냈고요.

(…)

우리 애는 특목고는 못 가겠죠. 상관 안합니다.

근데 외고 같은 경우, 영어 시험 영작과 듣기만 친다는 거 아세요?

지금 자제분 다니는 학원, 영작 시킵니까?

이거 학원 다닌다고 테크닉 배운다고 되는 거 아닙니다.

영어책 외우고 자꾸 혼자 번역해 봐야 나중에 영작이 됩니다.

수학요? 특목고 전문 학원 그거에 속지 마세요.

자기 혼자 수학 붙들고 끙끙거리지 않으면 특목고 문제 못 풉니다.

(…)

재작년에 저에게 온 학생이 있었습니다.

내신이 반에서 16퍼센트쯤 되니까 2등급도 안 되죠.

제가 애를 받은 건 중학교 때부터 과외를 한 번도 안 하고

(초딩 때 윤선생 영어 했다고 합니다. 그게 답니다.)

혼자 했다는 말을 듣고 제가 받았죠. 인강만 가지고 공부하더군요.

얘, 고려대 수시1 걸려서 지금 고려대 다닙니다.

논술을 잘 썼거든요.

늘 혼자 하다 보니 사고력이 있는 겁니다.

또 한 아이. 얘는 집이 어려워서 학원도 제대로 못 다닌 애였습니다.

성적은 내신 1등급이지만 수능이 안 나왔어요.

아는 사람이 부탁해서 그저 가르쳐줬습니다.

돈 많이 벌고 세금도 적게 내는데

이런 애는 그냥 가르쳐주는 게 도리다 싶어서요.

해마다 이런 애 몇몇이 있습니다.

언어와 논술 딱 석 달 시켰습니다.

이런 애들은 정말 가르치기 좋습니다.

가르치면 쏙쏙 들어갑니다.

학원과 과외에 닳은 애들은 나쁜 습관 고치느라 진을 다 뺍니다.

얘, 자기 엄마가 가사 도우미인데요, 서울대 수시 입학했습니다.

학부모님들, 제발 오해하지 마세요.

공부 잘하는 애들은 혼자 하는 습관에 더해서 과외가 붙는 겁니다.

과외만으로는 아무것도 안 됩니다.

제대로 된 과외강사는 혼자 하도록 지도해 주는 강사입니다.

기본을 가르쳐주는 강사, 이게 정말 제대로 된 강사입니다.

강사의 화려한 언변과 당장 수능 점수 올려주는 그 테크닉에 속지 마
세요.

그런 강사들은 딱 석 달 장사하고 그만하는 걸 기본으로 합니다.

계속 그런 식으로 학생들 돌립니다.

(…)

글이 너무 길어졌습니다. 부탁입니다. 학원 보내지 마세요.

하루에 30분만 투자해서 체크만 하세요.

이 글에 한 가지 더 추가하자면, 학원 왔다 갔다 하는 데 소요되
는 체력과 시간이 낭비되는 것은 아닌지 생각해 보고, 학원 수업 들
을 시간에 자기 공부할 시간이 줄어드는 것은 아닌지도 생각해 볼
필요가 있다.

교육 거품 제거 운동이 절실하다

거품이 끼어 있는 상태에서는 실체와 본질이 제대로 보이지 않
는다. 부동산 거품이 유지되는 상태에서는 아파트를 평당 몇천 만
원씩에 매수하는 게 당연해 보이지만, 부동산 거품이 빠진 상태에서

는 대체 왜 그랬을까 후회하게 된다.

사교육을 받으면 그만큼 뽑아낼 수 있으리라는 인식, 대학을 졸업하면 그만큼 뽑아낼 수 있으리라는 인식이 작금의 사교육 거품, 대학진학률 거품을 형성하고 지탱시켜 주었지만, 저성장·고령화 시대에 진입하면서 우리는 투자 대비 효과에 의문을 가지게 하는 여러 현상을 접하고 있지 않은가. 이를 계기로 교육 거품을 제거하는 운동을 해야 한다. 다른 걸 떠나 우리 삶이 피폐되는 것을 막기 위해서라도 교육 거품 제거 운동은 필수적이다. 또한 거품이 제거되지 않은 상태에서는 올바른 제도가 도입되는 것이 어렵고, 어렵사리 도입해 봐야 취지대로 운영되기도 어렵다.

'사교육걱정없는세상'이라는 교육운동 단체가 있다. 이 단체는 민간 교육부라고 불러도 손색이 없을 정도로 전문성이 축적된 단체로 요즘에는 대부분의 언론사가 교육문제에 관한 한, 이 단체의 발표 내용에 의존해 기사를 쓰고 있다. 이 단체의 주요 활동은 교육 거품으로 인해 고통 받는 학부모들에게 교육에 관련된 올바른 정보를 제공하는 일이고, 최근에는 학부모들에게 불안이 아닌 안심을 주는 입시정보 특강까지 주최하고 있다.

이 단체를 통해 정보를 제공받고, 여력이 되면 이 단체의 운동에 직·간접적으로 동참하기를 적극 권한다. 개인적으로는 이 단체

의 공동대표인 송인수 선생님이 언젠가 교육부장관을 하는 시기가
오기를 소망한다. 선생님, 싸랑해요!

거품이 제거되어도 남는 근본적인 문제

다시 앞에서 소개한 김기원 교수의 견해, 즉 기업간 격차의 축
소나 사회보장제도의 발전 없이는 학벌사회 철폐나 입시지옥 해소
가 불가능하다는 견해로 돌아가보자. 사실 대한민국의 현 상황에 대
해 고민하는 많은 사람들이 대부분 이 같은 견해를 가졌으리라 짐작
한다. 즉, 사교육 효과, 대학 진학 효과에 대한 거품이 제거된다 하더
라도 이는 거품의 제거일 뿐 사교육 효과나 대학 진학 효과가 전혀
없다는 것은 아니므로 궁극적으로 볼 때 입시지옥 해소는 불가능하
다는 것이다.

잘 나가는 학원 강사 경력이 있는 현직 교사 이기정 씨는 비슷
한 견해를 다음과 같이 피력한다.

결국 현실적으로 대통령은 입시의 폐지가 아닌 입시 경쟁의 완화를
위해 노력할 수밖에 없다. 하지만 그것은 입시제도를 손질해서 해결

할 수 있는 것이 아니다. 입시경쟁의 치열함은 입시제도 그 자체가 아니라 우리나라의 사회구조와 문화에서 비롯되었기 때문이다. 입시경쟁을 완화하려면 우리나라의 사회구조와 문화를 바꾸어야 하지만 사회구조와 문화는 대통령과 정부라고 해서 마음대로 바꿀 수 있는 것이 아니다. (…) 그 어떤 입시제도를 도입해도 단지 경쟁의 방식과 규칙만을 변경시킬 수 있을 뿐이다. 경쟁의 치열함은 줄이지 못한다. 학교 성적(내신)을 중요시하면 수능시험이나 대학별고사에서의 경쟁이 줄어드는 대신 학교 시험에서의 경쟁은 증가한다. 수능시험을 중요시하면 학교 시험과 대학별고사에서의 경쟁이 줄어드는 대신 수능시험에서의 경쟁이 늘어난다. 경쟁의 총량은 거의 변함이 없다.

-이기정, 《교육을 잡는 자가 대권을 잡는다》, pp. 246~247.

그럼 우리는 어디선가 백마 타고 온 기사가 짠 나타나 사회구조를 바꾸기 전까지는, 즉 기업간 격차를 해소해 주고 괜찮은 사회보장제도를 내놓기 전까지는 손을 놓고 있어야 된다는 말인가. 지금처럼 일류 대학 프리미엄을 누리기 위해 온 가족이 총동원되어 입시전쟁에 뛰어드는 무모한 삶을 계속 할 수밖에 없단 말인가.

'저녁이 있는 삶'을
보장하는
교육 시스템

'대안'과 '혁신'의 이름으로 이루어지는 다양한 시도

가능한 것부터 시도해 보려는 흐름이 있다. 당장 근본적인 구조 자체를 바꿔낼 수는 없어도 더 이상 이렇게 살 수는 없다는 절규에 화답해 뭔가 균열이라도 내려는 흐름이다. 어려서부터 과도한 경쟁 교육에 시달리느라 인성 함양과 창의력 향상을 위한 여백이 부족한 인간으로 키우지 않겠다는 생각을 가진 부모와 교사가 늘면서 대안학교도 생겨나고, 공교육 틀 안에서도 수업 방식과 내용을 혁신하겠다는 혁신학교 실험이 진행되고 있는 것이다.

비록 대학입시를 목전에 둔 고교에서는 대안학교니 혁신학교가 별로 인기가 없다는 한계가 있기는 하지만, 대학입시에서 거리가 먼 초등학교의 경우는 남한산초등학교처럼 근처 전세값을 들썩이게 할 정도로 인기가 좋은 학교들도 생겨나고, 이우학교라는 대안학교도 괜찮은 평을 받고 있으므로 이런 흐름이 단순히 찻잔 속의 태풍에 불과하다고 보기는 어렵다.

나는 이런 학교들의 성과가 쌓이고, 학생과 학부모의 행복한 경험이 쌓이고 쌓여 전체 일반 학교의 변화와 혁신에 영향을 미치고, 변화와 혁신을 거부하는 학교들과 서로 경쟁하는 단계까지 올라가면 좋겠다는 바람을 가졌다. 그럴 때라야 사회구조가 바뀌는 것도 가능할 것이다.

먼저 불공정한 선발 방식을 개선하자

특목고, 과학고, 자사고 등의 학생 선발 방식 등을 공정하게 하는 것도 매우 중요한 문제다. 내가 보기에 현행 고교 체제의 가장 큰 문제점은 이들 학교들이 일반고보다 먼저 학생을 선발하는 특권과 이에 더해 성적 우수자를 선발할 수 있는 특권을 누린다는 것이다. 그리고 학교 운영에서도 일반고에 비해 더 많은 자율권을 가졌다는 것이다. 이런 상황이니 중학교, 빠르면 초등학교 단계에서부터 이들 학교에 입학하기 위한 경쟁을 하게 되고, 일반고는 죽어날 수밖에.

이들 학교의 설립 명분은 모두 그럴싸했다. 그러나 대학입시라는 블랙홀이 이 특수 학교들을 입시 명문학교로 만들었고, 고교가 서열화되었으며, 이런 고교 서열화는 중학교와 초등학교 단계에서부터 과잉경쟁 교육을 유발했다. 그러다 보니 폐지하자는 이야기가 나오고, 2014년 6월 4일 지방선거에 당선된 조희연 서울시 교육감은 자사고를 폐지하겠다(정확하게는 자사고 재지정 여부를 엄격히 심사해 기준에 미달하는 학교는 자사고 지정을 취소하겠다)는 공약을 내걸고 당선되었다.

그런데 현실은 어떤가. 서울시 교육감은 2014년도 폐지 대상이 된 14개 학교 중 6개 학교만을 폐지(자사고 지정 취소) 선언했으며, 특권 학교 폐지를 공약으로 내걸었던 다른 지역의 진보 교육감들은 모두 자사고를 재지정했다. 서울시의 경우도 14개 자사고 중 8개 학교가 재지정되었으니 결국 자사고 폐지는 이루어지지 않은 것이다(더욱이 서울시 교육감이 자사고 지정 취소를 한 6개 학교의 경우에도 현재 진행 중인 소송의 결과에 따라 자사고 지위를 유지할 수도 있다).

이것은 무엇을 의미하는가. 이미 만들어진 학교를 폐지하는 것이 생각처럼 쉬운 일이 아니라는 것이다. 이들 학교가 만들어진 이유가 있고, 학교들이 만들어진 후 형성된 이해관계들이 있기 때문에 폐지에 관한 사회적 합의가 이루어지기 어렵다는 것이다.

그렇다면 비교적 사회적 합의가 이루어지기 쉬운 항목부터 개선하면 된다. 이들 학교의 학생 선발을 일반고보다 먼저 할 이유도 없고, 이들 학교가 성적 우수자를 선발할 이유도 없다. 또 이들 학교의 설립 취지에 맞게 학교 운영의 자율권이 필요한 부분을 제외하고는 일반고에 비해 더 많은 자율권을 가질 이유도 없다. 이렇게 해서 특목고, 과학고, 자사고 등이 본래의 설립 취지에 맞게 정상화만 되어도 현재의 조기 경쟁은 조금 완화될 것이다.

최근에는 중산층조차 입학할 엄두를 내기 어려운 수준의 학비를 요구하는 소위 국제학교에 입학하는 계층도 형성되었는데, 외국 교육과정으로 운영되는 국제학교를 졸업한 내국인이 국내 대학입시에서 특혜를 누리는 일이 없도록 전 국민이 눈을 부릅뜨고 감시할 일이다.

국 · 공립대만 살려도

전 국민을 입시전쟁으로 몰아넣는 교육 시스템의 핵심이 서울대를 정점으로 한 서열주의 대학체계에 있다는 문제의식 아래 대학을 평준화하자는 취지의 국·공립대 통합 네트워크안 혹은 그에 유사한 방안이 진보진영에서 제기되었다. 그러나 대다수 국민들이 보기에 내용이 너무 복잡하고 실현 가능성도 의문이어서 그다지 큰 반향을 불러일으키지는 못했다. 더욱이 이제는 서울대가 법인화되어 순수 국립대의 대열에서 이탈했기 때문에 더더욱 실현 가능성이 낮아졌다고 볼 수 있다.

　　너무 복잡하게 파고들면 많은 사람들이 이해하기 어려우니 간명하게 접근하면 어떨까. 정부와 지자체가 국·공립대 살리기에 집중하는 것이다. 서울시립대에서 반값 등록금을 실시하고, 인성 요소를 중시하는 입학전형을 실시하자 괜찮은 학생들이 서울시립대에 많이 지원한 사례에서 볼 수 있듯, 정부와 지자체가 한정된 교육 재정을 국·공립대에 집중 투여해 전국에 골고루 분산된 국·공립대를 살리면 우수 학생들이 분산되지 않을까. 그러다 보면 지금과 같은 대학 서열, 수도권 중심주의는 일정 부분 완화되고 그 결과 인서울in-Seoul 대학을 향한 조기 과잉경쟁도 줄어들 가능성이 높다. 실제로 과거에는 미대 하면 홍익대, 국문과 하면 동국대가 떠오르는 등 특성화된 학과가 유명하던 시절이 있었는데, 이런 식으로 특성화된 학과를 전국 국·공립대에 골고루 분산시키면 지금처럼 대학 간판에 치중하는 무의미한 경쟁은 다소 완화될 것이다.

출산율 저하의 효과로 2018년에는 대학 입학 정원보다 고교 졸업생 수가 줄어들기 시작한다고 하니 이제는 각 대학들이 살아남기 위한 경쟁을 할 수밖에 없다. 이런 조건에서 국가가 전국 국·공립대를 돋보이게 할 만한 입학전형 및 특성화 방안을 설계하고 운영함으로써 명품 국·공립대를 만들어 소위 명문 사립 대학들과 경쟁하면 대학교육 서비스의 수요자인 학생들이 그 덕을 볼 것이다.

교사를
어떻게 볼 것인가

교사의 자존감이 교육 수준을 높인다

학교에서 이루어지는 교육에 대해 이런 저런 비판적인 말이 많지만, 평범한 국민의 입장에서 보면 학교 말고는 딱히 대안이 없다. 홈스쿨링이니 대안학교니 마을교육이니 하는 시도들이 무척 소중하지만 그것이 보편적인 교육 방식이 될 수는 없다는 얘기다. 이는 마치 자기가 싫어하는 사람이 대통령에 당선된 것을 참을 수 없다는 이유로 이민을 가는 선택을 할 수 있는 국민이 극소수에 불과한 것과 비슷하다.

그래서 공교육이 중요하다. 공교육의 틀 안에서 이루어지는 교육 내용이 무조건 올바르고, 공교육을 담당하는 교사들의 지도에는 무조건 순응해야 하기 때문에 공교육이 중요한 것이 아니다.

나는 공교육의 문제점을 지적하며 공교육에 자극을 주는 시도들이 공교육을 허물어뜨리는 데까지 나아가는 것은 바람직하지 않다고 생각한다. 공교육의 부족한 점을 보완하면서 궁극적으로 공교육을 강화시키는 역할을 하는 선에서만 나는 그런 시도들을 지지한다.

공교육이 무시당할수록 수능 성적이나 대학별고사가 존중받을 것이며, 그렇게 되면 과잉경쟁도 완화되지 않을 가능성이 높다. 공교육의 수준은 공교육을 담당하는 교사의 수준을 뛰어넘을 수 없다. 교사가 불행하면 학생도 불행하다.

고로 공교육 강화의 첫 출발점은 교사의 자존감 살리기가 되어야 한다. 그리고 학생과 학부모가 교사의 자존감을 살리기 위해 할 수 있는 가장 기초적이면서도 근본적인 일은 교사가 전문가라는 사실을 인정하는 것이다. 그런데 현실에서는 이런 나의 생각에 반하는 일들이 자주 혹은 가끔 벌어진다.

교사의 전문성을 인정해야

독일에서는 우리나라의 초등학교 급인 학교의 졸업반 학생들에게 교사가 진로를 정해 주면 대부분 그에 수긍한다고 한다. 쉽게 말해, 얘는 인문계로 가서 대학 진학 준비를 하는 게 맞는 것 같고, 얘는 실업계로 가서 일찌감치 취직 준비를 하는 게 맞을 것 같다는 식의 의견을 학생과 학부모에게 제시하면 약 95퍼센트 정도가 이에 따르고 나머지 5퍼센트 정도만 이의신청을 한다는 것이다. 그 5퍼센트도 이의신청 결과에 대해서는 수긍을 한다고 하니 거의 100퍼센트가 교사의 진로 지도에 따른다고 보아도 무방하다.

우리나라는 어떤가. 학생들의 학업성취 역량에 맞는 진정한 의미에서의 수준별 수업을 도입하려고 해도 어느 순간 그 이름이 '우열반'으로 바뀐다. 게다가 자기 자녀가 소위 '열등반'에 속하는 것은 뭔가 잘못된 것이라고 생각하는 학부모들의 격렬한 반발로 인해 수준별 수업 도입이 어렵다고 한다. 결과적으로 수업 내용을 따라오지 못하는 학생들만 손해를 보는 것이 안타깝다고 교사들은 하소연한다. 도무지 교사들의 전문성을 인정하지 않는 것이다.

독일은 노동시장 구조를 비롯해 여러 가지 제도와 문화가 우리나라와 달라서 독일의 예를 들어 우리나라 현실이 잘못되었다고 말하는 것은 적절하지 못한 면이 있을 것이다.

그러나 상식적으로 생각해 보면 교육적인 관점에서 아이를 보는 안목에 관한 한 교사의 안목이 학부모의 그것보다 더 뛰어날 가능성이 높지 않을까? 교육대학과 사범대학을 거치면서 기초 이론을 공부하고, 학교에서 항상 아이들과 부딪치면서 많은 경험을 해가는 교사와 교육학에 관한 이론적 기초도 없고 자기 아이만 경험하는 학부모는 전문성에서 차이가 날 수밖에 없다. '부모'로서의 안목은 높을지 몰라도 '학부모'로서의 안목은 교사보다 낮을 가능성이 높다는 것이다.

사실 교사의 지도에 수긍하지 않는 학부모 중에는 어쩌면 교사가 자녀의 학업성취능력에 관해 정확히 보고 있다는 점을 알면서도 교사의 올바른 지도 내용을 따르다보면 불공정한 사회에서 손해를 보게 될 것이므로 교사의 지도 내용에 따를 수 없다고 생각하는 학부모도 섞여 있을지 모른다. 내가 보기에는 무모하다 싶을 정도로 높은 대학진학률도 그런 사고의 총합으로 형성된 거품일 가능성이 있다. 그렇다면 결국 불공정한 사회가 문제라는 것인데, 이를 감안해도 현재 우리 사회에서 교사의 전문성을 인정하지 않으려는 분위기는 심각한 수준이라고 할 만하다.

교사의 학교폭력 사안 처리에 수긍해야

예나 지금이나 학교라는 공간은 아이들 사이의 크고 작은 다툼이 일상적으로 발생하는 곳이다. 아이들 사이의 다툼 중에는 (담임)교사가 적절히 처리하면 될 사안도 있고, 학교 차원에서 나서거나 경찰 등 외부 기관까지 나서야 할 일방적 폭력도 있다. 게다가 요즘에는 북한군도 무서워한다는 남한의 중2에서 학교폭력이 가장 심각하다는 말이 무색할 정도로 초등학교 저학년에서도 심각한 사례들이 들려온다.

아이들 사이의 다툼을 적절히 처리하려는 학교의 노력에 가해학생과 피해학생 양방 또는 어느 일방이 불복하면 결국 학교폭력대책자치위원회(학폭위)가 개최되고, 학폭위에서의 조치에 불복하는 측은 소송으로 가게 된다. 그런데 학교에 대한 과도한 불신으로 일을 크게 만들고 결국 스스로 손해를 보는 학부모들이 있다.

2014년 가을경 한 초등학교의 학폭위에 참석한 적이 있다. 한 명의 가해학생에게 괴롭힘을 당하고 있다는 피해학생이 여러 명 있는 사안이었는데, 내가 보기에는 학교의 권고에 따라 가해학생의 부모가 진심으로 사과하고 재발 방지를 위한 조치를 취하겠다고 약속하면 원만하게 해결되었을 사안인데, 가해학생 부모가 전혀 반성을 하지 않았다. 결국 이에 노발대발한 피해학생 부모 연합군이 강력한 징계를 요청해 학폭위까지 소집된 것이다.

'아이들끼리 그 정도의 장난을 할 수도 있지, 뭐 이런 것 가지고 그래'에서부터 '도대체 아이들 사이가 이 지경이 되도록 학교는 뭐 한 거야'까지 가해학생 부모의 불만은 하늘을 찌를 듯 했고, 이 정도의 상황이면 학교가 그동안 어떤 노력을 했는지 등에 관한 교사의 말은 씨알도 먹히지 않는다. 결국 학폭위의 학부모 위원들과 변호사 위원인 내가 장시간 동안 설득한 끝에 학교의 징계 조치를 받아들이는 것으로 일단락되었는데, 며칠 후 학교 생활지도부장님에게 전화가 왔다. "무슨 일이 있었는지 갑자기 관련 교사들을 직무유기로 형사고소하고 민사소송을 제기한다고 하는데, 저희는 어떡해야 하나요?"

나는 대답했다. "신경 쓰시지 말고 가만히 놔두세요. 돈과 시간만 낭비했다는 걸 알게 될 거예요."

피해학생 측에서 학교의 조치가 너무 미온적이라고 반발하는 경우는 그래도 심정적으로 이해가 간다. 피해를 경험해 본 학생이 느끼는 장래의 불안감이라는 것은 중립적인 제3자의 객관적 시각보다 더 크기 마련이고, 학교는 학교폭력 사안을 처리함에 있어 웬만하면 일이 커지는 것을 막으려는 경향이 있기 때문이다. 그럼에도 불구하고 교육자들이 장기적·교육적 안목에서 이런 게 옳다고 설명하고, 그런 설명에 진정성이 느껴진다면 다소 아쉽더라도 그 판단을 존중해 주면 어떨까. 아무리 생각해도 아닌 것 같다 싶을 때는 경찰 등 외부 기관의 도움을 받을 수도 있으니 말이다.

사실 오늘날 학교폭력 사안 처리를 둘러싼 교사와 학부모 사이의 갈등에는 정부에게 상당 부분 책임이 있다. 이에 대해서는 4장에서 언급할 것이다. 그러나 어쨌든 요즘에는 학교폭력에 대처하는 교사들의 능력도 많이 향상되었으니, 교사들의 권고를 가급적 존중해 주는 게 좋겠다는 생각이다.

학생인권은 교사의 지도권과 조화를 이루어야

학생에게도 인권이 있는가라는 질문은 이제 철 지난 질문인 듯하다. 보수 교육감으로 평가받는 문용린 서울시 교육감 체제 하에서도 학생인권조례를 부분적으로 개정하자고 했을 뿐 감히 폐지하자고는 못했던 데서 보여지듯 학생인권 그 자체에 대한 폄하는 이제 적어도 공식적으로는 어렵게 되었다. 그런데 왜 여전히 교사들과 학부모들 사이에서는 학생인권조례 내용 중 일부 조항에 대한 반대 여론이 만만치 않게 형성되고 있을까?

집에서 아이들을 키우다 보면 때로는 큰 소리, 나아가 매질도 필요하다. 나도 둘째를 체벌한 경험이 있다. 바람직한 것은 아니지만 '현실적으로' 시간에 쫓기다 보면 그렇게 된다. 그런데 이에 대해 아이들이 인권 침해라고 눈을 부라리면 부모는 어찌 할 도리가 없다. 이럴 경우 부모는 어떻게 해야 할까. 부모가 앞으로 다시는 안 그러겠다고 다짐해야 할까. 이런 식으로 부모의 교육권이 약화되면 바람직한 가정이 될까.

학교에서 교사가 느끼는 고충은 훨씬 더 심할 것이다. 교사 한 명이 30명 정도의 학생을 한꺼번에 상대해야 하므로. 이런 상황에서 교사의 지도권한이 약화되면 바람직한 학교가 될까.

사실 교사의 지도권한이 약화되면 피해를 입는 것은 교사가 아니라 평범한, 목소리가 크지 않은 학생이 될 가능성이 높다. 교사들 입장에서 어떤 문제가 발생했을 때 자기가 강구할 수 있는 수단이 별로 없다고 판단하게 되면, 문제 해결을 위해 적극적으로 개입하는 것을 두려워하고 자포자기 상태로 경찰 등 외부 기관에 떠넘기는 경향을 보이게 된다. 이런 식으로 교사가 망가지면 교사에 의지해 왔던 평범한 학생들은 더 이상 교사에게 의지하는 것을 포기하고, 그 결과 학교는 어떤 문제도 책임 있게 해결할 수 없는 기관으로 전락

한다. 따라서 학생과 교사에게 학생의 인권을 가르치면서 교사의 지도권한의 중요성에 대해서도 함께 가르치는 것이 중요하다.

말 나온 김에 학생인권조례의 옥에 티에 대해 한 마디 하면, 제도를 설계할 때는 그 제도에 사람이 어떻게 반응할 것인가를 고려해 설계해야 한다. 교사는 신이 아니다. 교사는 사람이다. 고로 학생들을 체벌 및 협박으로 통제·제압해 오던 관행을 하루아침에 바꾸기는 어렵다. 학생인권 존중의 방향을 정해 주고, 교사들이 자체적으로 학생들과 상의해서 구체적인 규칙을 만들도록 하지 왜 그렇게 가장 이상적인 교사상을 염두에 두고 모든 교사에게 그곳까지 순식간에 도달하라고 했는지 하는 아쉬움이 있다. 법(그 이름이 법률이든 조례든 간에)은 큰 틀에서 방향 및 원칙만 정하고, 두발 및 복장 규제나 휴대폰 소지 규제 등 세부적인 사항은 다양한 이해관계를 가진 학교 구성원들이 민주적인 방식으로 합의해 정하는 게 바람직하다. 가정에서 생긴 문제는 가정이 자율적으로 해결하도록 놔두는 게 가장 좋듯, 학교에서 생긴 문제는 학교가 자율적으로 해결하도록 놔두는 게 좋다.

교사를 살려라

그렇다고 해서 무조건 교사를 존중만 하자는 이야기는 아니다. 어느 집단이나 그렇듯 가끔씩 도저히 이해할 수 없는 수준의 교사도 있으며(이런 사람은 동료 교사들이 더 잘 안다), 그보다 더 근본적인 문제는 많은 교사가 교육부-교육청-교육지원청-학교장-교사로 이어지는 관료적 위계질서에 순응해 무사안일주의에 빠져 있다는 것이다. 이런 무사안일주의는 국·공립학교일수록 더 심한 것 같다. 때문에 나는 학생과 학부모가 참여하는 진정한 의미의 교원평가제가 필요하다고 생각한다.

그러나 그런 개혁의 기본 전제는 어디까지나 교사의 전문성 존중에 있음을 잊지 말아야 할 것이다. 2013년 11월 18일자 《한겨레》의 〈세상 읽기〉 란에 '교사를 살려라'라는 제목의 이명원 경희대 후마니타스칼리지 교수의 글을 소개하는 것으로 이 장을 마무리하려고 한다.

(…) 이런 예측이 조심스럽지만, 머지않아 교사라는 직업은 청년들이 선택하기 꺼리는 최악의 직업이 될 확률이 높다. 미래의 교사들은 '교실 파괴'라는 풍경을 지금보다 더 자주 경험하게 될 것이다. 학생들은

교사들을 월급쟁이로 간주하는 시각을 노골화하고, 분노에 찬 학부모들은 교사들을 향해서 시도 때도 없이 클레임을 제기할 것이며, 관리자들은 상급 기관의 성과 목표를 달성하라고 교사들을 더 강력하게 채찍질할 것이다. 교사들은 지금보다 더 많은 회의에 참석하게 될 것이며, 더 많은 공문을 처리해야 할 것이며, 더 많은 성과 경쟁에 동원될 것이고, 더 많은 학생들에게 모멸감을 경험하게 될 것이고, 더 많은 학부모들의 클레임에 포위될 것이다.

이것은 지나친 비관론인가. 한국의 '교육 실패'를 앞장서 실현하고 있는 일본의 중등교육 현실을 보면, 이것은 충분한 개연성이 있는 예측이다. 오늘날 한국에서 문제가 되고 있는 학생 폭력과 등교 거부, 학부모의 클레임과 관리자의 성과 압박, 교사의 우울증과 조기 퇴직 현상은 그것을 잘 보여준다.

(…) 더 충격적인 것은 일본의 젊은이들에게 교사가 '기피 직업'이 되고 있다는 사실이다. 오늘의 한국에서는 교원 임용고사의 경쟁률이 하늘을 찌르고 있지만, 일본의 경우 지원율이 급감해 경쟁률이 거의 1:1에 근접했다는 것이 이를 잘 보여준다.

어쩌다가 일본에서는 교사라는 직업이 기피 대상이 된 것일까. 내 판단에 그것은 교육에서 체화해야 할 '시민성'의 실패에 기인한다. 이것은 일본만의 문제일까. 오늘의 학생들은 적자생존의 저질스런 폭력의 희생양이 되고 있다. 교사, 학생, 학부모 모두 '바닥을 향한 경쟁'의 노예가 되었다. 학부모의 입장에서 나는 먼저 교사를 살려야 한다고 주장한다. 학생을 살리는 것은 교사다. 물론 학부모는 내 새끼를 먼저 살리라고 말할 권리가 있다. 그러나 함께 살자고 말하는 '시민성'을 포기했기 때문에 내 새끼도 고통 받고 있다는 사실을 잊고 있다.

'사교육 걱정 없는'
우리 집

어린이집 시절

앞에서 말했듯이 우리 아이들은 공동육아 어린이집인 참나무 어린이집을 다녔다(둘째는 관악구로 이사 오면서 졸업은 하지 못했다). 공동육아 어린이집은 인지교육을 시키지 않는 규칙을 가졌고, 공동육아 어린이집에 아이를 보내는 부모들은 모두 그런 규칙을 알고 있다. 그러니 밖에서 보기에는 공동육아 어린이집을 다니는 아이들은 전혀 인지교육을 받지 않는 것처럼 보인다. 그러나 세상일이란 게 어디 그런가.

그 부모들도 대한민국 학부모다. 주위에서 들려오는 소문에 민

감한 대한민국 학부모. 그래서 어린이집 일정이 끝난 후 비공식적으로 영어교육을 비롯해 인지교육을 하는 가구가 있었다. 이렇게 누군가가 시작을 하면 옆집 부모가 불안해져 그 옆집 부모도 따라하거나 아니면 공동육아 어린이집에서 그래도 되는 건지 토론에 붙이자고 한다. 그래서 거의 매해 토론이 시작된다.

토론에 붙이자는 부모의 내심은 아예 방과 후의 인지교육도 금지하자는 결론이 모아졌으면 하는 것이었겠지만, 그렇게 결론이 나기는 어렵다. 우선 현실적으로 인지교육을 하는 가구들이 반발해 모두 빠져나가버리면 어린이집 운영이 어려워진다. 그리고 보다 근본적으로는 방과 후에 조금씩 눈치 보며 하는 인지교육마저 일률적으로 금지해 버리는 것이 과연 자유주의 국가에서 옳은 것인가 하는 반론이 인지교육을 하지 않는 가구로부터도 나온다. 문제 해결의 실마리를 찾고자 참나무 어린이집 졸업생 부모를 초빙해 보지만 졸업생 부모의 경험담도 각각 다르다. 아이를 공동육아의 연장선상에서 대안학교에 입학시킨 부모, 인근 일반 초등학교에 입학시킨 부모 등 부모들이 처한 환경이 다를 뿐만 아니라, 같은 환경에 있는 부모들도 느끼는 바가 다르다.

나는 인지교육에 관해 어떤 입장이었는가. 나는 무조건 아내의 견해에 따른다는 입장이었다.

그러면 아내는 어떤 입장이었는가. 아내는 공동육아 어린이집에서 인지교육을 안 하는 만큼 다른 교육 프로그램으로 아이들 교육을 시킨다고 생각했다. 어린이집에서 그냥 놀리는 게 아니란 말이다. 그러니 그렇게 하루 종일 교육받고 온 아이가 집에서만큼은 온전히 쉬어야 한다는 입장이었다. 주위 부모들의 움직임에 전혀 불안감을 느끼지 않는 내 아내, 진정한 공동육아 어린이집 이념의 수호자라고 생각한다.

솔직히 말하면, 당시 나는 글로벌 경쟁 시대에 아이들이 영어 맛을 조금씩 보는 것도 나쁘지 않고, 나중에 학교에서 만나게 될 다른 동급생들보다 심하게 뒤처지는 것도 좀 거시기한 것 아닌가 하는 생각을 가지고 있긴 했다(그래서 영어교육을 하는 가구들의 심정을 충분히 이해했다). 다만 우리 집에서 그렇게 할 수는 없다는 점에서 아내와 의견이 일치했다. 왜? 나도 아내도 일하다 집에 와서는 쉬어야 하는데, 다시 아이 교육을 위해 시간을 낸다는 게 엄두가 나지 않았기 때문이다. 역으로 생각해 보면, 아이 역시 어린이집 생활을 끝내고 집에 와서 쉬어야지 그 시간에 어떤 교육을 받았으면 힘들었을 것 같다.

여하튼 이렇게 4년 동안 공동육아 어린이집 과정에 충실했던 첫째는 아무 탈 없이 일반 초등학교에 입성했다. 뿐만 아니라 조기 인지교육을 받지 않은 아이들이 가지는 강점을 가졌다는 평을 많이

들었다. 예를 하나 들면, 그림책을 볼 때 글자를 깨친 아이들은 글자
에 집중하느라 그림을 읽을 줄 모르지만 글자를 깨치지 않은 첫째는
그림을 읽는다는 평을 들었다. 그림을 읽으려면 상상력이 필요할 터,
상상력이 풍부하다는 이야기다.

한편 2년 동안의 공동육아 어린이집 과정과 관악구로 이사 온
후 2년 동안의 일반 유치원 과정을 함께 경험한 둘째는 둘 다의 장점
과 둘 다의 단점을 모두 가지고 있지 않을까 싶다.

초등학교 선택하기

첫째 아들이 초등학교에 입학할 나이가 되었을 때, 우리 부부는
첫째를 일반 초등학교에 보낼지 대안학교에 보낼지 고민을 했다(사
립 초등학교는 처음부터 제쳐놓았다). 공동육아 어린이집에서 형제가 구김살
없이 행복하게 자라는 경험을 했기 때문에 마침 근처에 위치해 있던
대안학교인 성미산학교가 주는 매력을 무시하기 어려웠던 데다가,
주위에서 하도 일반 초등학교에 대해 좋지 않은 말들을 쏟아 부었기
때문이다. 당장 첫째가 한글을 깨치지 않은 상태에서 일반 초등학교
에 입학하는 것에 대해서부터 걱정해 주는 말이 많았다.

그러나 대안학교가 평균적인 아이들 모두에게 대안이 될 수 없다는 점은 분명했고, 더욱이 초등학교를 대안학교로 보낼 경우 중학교와 고등학교와의 연계성을 생각하지 않을 수 없는데, 당시 성미산학교의 그리 길지 않은 역사는 이 점에 대해 확신을 갖기에 부족했다. 그리고 부모의 심지만 굳건하다면 일반 초등학교에서도 사교육의 유혹에 흔들리지 않을 수 있으리라는 데 부부간 합의가 이루어져 첫째는 일반 초등학교에 입학하게 되었다.

이 대목에서는 내 경험이 많이 반영되었다. 나는 비슷한 환경에서 자란 비슷한 계층의 아이들 소수가 모인 학교보다는 다양한 환경에서 자란 다양한 계층의 아이들 다수가 모인 학교에서 배울 것이 더 많다는 생각을 가졌다(물론 학교 밖에서 배울 것도 많다). 내가 철들고 나서 경험한 대학 생활과 군대 생활, 회사 생활, 그리고 지금의 변호사 생활이 그런 생각을 갖게 했다. 생각이 비슷한 소수가 모인 집단에 속해 있으면 생각이 편협하고 경직되게 흐를 위험성이 있다. 보수, 진보, 부유층, 서민층을 막론하고 자기와 다른 부류의 생각을 이해하지 못하는 현상이 이를 입증한다. 좋은 집안에서 자란 진보적 지식인들이 가끔 서민들의 일상생활을 전혀 이해하지 못한 데서 비롯된 주장을 한다거나 서민들에게 위화감을 조성하는 행동을 아무렇지 않게 하는 사례들도 마찬가지다.

그렇다고 해서 대안학교에 보내는 것이 틀렸다는 말은 결코 아니다. 공동육아 어린이집이 일반 유치원에 비해 장점이 있는 부분이 있듯이, 대안학교도 마찬가지일 것이다. 만약 우리가 대안학교를 선택했다면 나름대로 거기에 맞추어 잘 살고 있었을 것이다.

초등학교 과정

주위의 걱정처럼 첫째가 한글을 깨치지 못하고 초등학교에 입학함으로 인해 불이익을 받지는 않았다. 다른 학교는 어떤지 모르겠지만 우리 아이들이 다니는 초등학교는 한글 수업부터 했다. 학교의 방과후 프로그램도 다양해서 아이들이 자신이 원하는 프로그램을 선택할 수 있었고, 하다가 싫증이 나는 과목은 그만둘 수 있었다. 방과후 수업을 진행하는 강사가 그 분야의 수준 높은 강사가 아닐 수도 있다. 그러나 아이들을 한 단계 성장시키기에는 부족함이 없다. 우리 아이들은 아직 대학생, 대학원생이 아니다.

부모들이 공통적으로 걱정하는 과목은 수학이다. 아이들이 스스로의 힘으로 제법 잘한다. 100점은 못 받지만 틀린 문제를 다시 풀어보면서 왜 틀렸는지 안다. 가끔씩 선행학습을 하지 않고서는 도저히 풀 수 없는 문제도 있는데, 그런 건 틀린 게 잘한 거라고, 나중에 저절로 풀 수 있게 될 거라고, 그 문제를 푼 아이는 학원에서 배웠기 때문일 거라고 이야기해 준다. 그러면서 슬쩍 묻는다. "너도 학원 보내줄까?"

고개를 절레절레 젓는다. 놀 시간도 부족하다는 것이다.

이런 첫째가 좀더 공부를 했으면 좋겠다는 생각이 들어 첫째에게 좀 준비를 해서 수학경시대회에 나가라고 권유해 본 적이 있는데 실패했다. 물론 억지로 경시대회 준비를 시킬 수도 있었다. 하지만 그렇게 해서 얻는 게 무엇일까? 하기 싫다는 아이를 붙잡아 꾸역꾸역 밀어 넣은 수학 지식으로 어린 나이부터 좀더 수학을 잘하게 되면, 그 다음에는 무엇인가? 내적 동기 없이 하게 되는 공부는 효율적이지도 않고 오래 가지도 않는다. 그렇게 두었더니 4학년 때는 '참가하는 데 의의를 둔다'며 수학경시대회에 도전해 꼭 그만큼의 점수를 받아왔다. 그 다음해에는 스스로 목표를 정해 참가하더니 턱걸이로 넘기고는 좋아했다. 첫째는 친구들에 비해 계산 속도가 느린 걸 자신의 단점으로 인식하면서도 수학적 사고를 즐기곤 하는데, 적기 교육의 즐거움을 누리는 게 아닌가 싶다.

그리고 영어. 글로벌 시대에 누구나 일찍부터 시작해야 할 것만 같은 영어 역시 서두르지 않기로 했다. 교육부에서 제공하는 e-교과서 파일을 다운로드받아 학교 수업에 대비하게 하는 정도고, 너무 심한 것 아닌가 싶어 최근에는 영화를 활용한 영어 듣기를 시작했지만 영어 자체에 큰 의미를 두지는 않는다. 어차피 고급 영어 실력은 독해 실력인데, 독해 실력이라는 것이 어려서부터 원어민 수준의 발음을 한다고 해서 습득되는 게 아니라는 생각 때문이다. 반기문 유엔 사무총장이 발음이 좋아서 국제 기구의 수장이 되었나?

안타까운 것은 최고 수준의 전문가들이 심혈을 기울여 만들었을 것으로 보이는 e-교과서를 가지고 공부하는 학생이 거의 없고, e-교과서를 강력하게 추천하는 교사도 거의 없는 것 같다는 사실이다. 2014년 3월 초, 우리 부부는 며칠에 걸쳐 e-교과서를 다운받으려 했지만 다운받을 수 없었다. 큰일 났다. 애들 영어 수업을 어떻게 대비한단 말인가. 다운이 되지 않는 이유를 학교에 물어보니 교육부에서 공문을 안 내려 보내서라고 하고, 왜 공문을 안 내려 보내느냐고 교육부 담당자에 물어보니 학교 담당 교사가 다운받으면 되는데 공문이 왜 필요하냐고 하고, 다시 학교에 물어보니 짜증을 내는 기색이 역력했다. 우리 같은 문제제기를 한 학부모들이 많았다면 일찍 문제가 해결되었을 터인데 아무도 문제제기를 하지 않은 것이 분명했다. 영어는 학원 등에서 해결하니 필요가 없어서 그런 것 같은데 과연 학원에서 제공하는 강의 및 교재의 질이 교과서보다 나을까?

이렇게 수학이든 영어든 별 공부를 안 하는 우리 아이들은 그냥 놀고먹으면서 세월을 낭비하고 있는 걸까? 그렇지는 않은 것 같다. 남들 영어, 수학 공부할 때 우리 아이들은 읽고 싶은 책을 읽고, 그리고 싶은 그림을 그리고, 만들고 싶은 놀이기구를 만들고, 뭐가 그리 재미있는지 뒤엉켜 재미있게 논다. 물론 놀다가 싸우다가 놀다가 싸우다가…… . 요약하면, 우리 아이들의 일상생활에는 여백이 있다. 여백이 있는 동안 상상력과 창의력이 자라고 스스로의 꿈이 생긴다. 정서적 안정감이 형성된다. 인생은 100미터 경주가 아니다. 장기 레이스다. 나는 너무 어렸을 때부터 과도하게 힘을 쓰면 나중에 지치는 게 세상 이치라고 본다. 지치지 않는 게 중요하다. 또 스스로의 꿈이 있는 사람과 누군가가 꿈을 만들어준 사람, 심지어 꿈이 없는 사람은 나중에 성취도에서 차이가 날 수밖에 없다.

선행학습에 대한 생각

다산 정약용이 네 살 때부터 천자문을 배우기 시작했다고 하니, 천재가 선행학습하는 것을 탓할 수는 없는 것 같다. 그러나 다산이 네 살 때부터 천자문을 배웠다고 해서 당시 서당에서 4세 아동들에게 천자문을 가르치지는 않았을 테니 다산의 사례를 들어 작금의 선행학습을 정당화할 수는 없다.

사실 우리 세대가 중·고등학교에 다닐 때도 선행학습은 있었다. 공부 좀 한다는 소리를 들으려면 《성문'종합'영어》나 《수학의 정석 '실력'》을 봐야 한다는 강박관념에, 많은 학생들이 일찍부터 이 책으로 공부했다. 일종의 자기주도적 심화형 선행학습이 유행했던 셈이다. 이 정도 수준의 선행학습은 애교 수준에서 봐줄 만한데, 문제는 이것이 과연 학생들에게 도움이 되었느냐는 것이다. 내가 살펴본 바로는 그 책들을 제대로 이해할 수 있는 학생은 극소수에 불과했다. 1등짜리가 보니까 따라서 보기는 하는데, 제대로 이해하지도 못하는 책을 붙들고 씨름하느라 대부분의 학생들이 시간 낭비, 체력 낭비를 하는 오류를 범하고 있었다.

예나 지금이나 공부에 관해 변하지 않는 것이 있다면, 교과서를 제대로 이해하는 것이 기본이고, 수업에 집중하고 복습을 철저히 하는 것이 중요하다는 것이다. 예나 지금이나 공부 잘하는 학생들이 공통으로 말하는 "교과서 위주로 공부했어요"는 결코 가식에서 나온 말이 아니다. 우리나라 최고의 전문가들이 만든 교과서를 붙잡고 씨름하면서 교과서를 이해하는 데 필요한 선에서 참고서적을 활용해야 하는데, 참고서적 그것도 자기가 충분히 이해하기엔 너무 어려운 수준의 참고서적을 붙잡고 씨름하면 기분상으로는 뿌듯할지 몰라도 실력이 쌓이지는 않는다(당시 나는 본능적으로 《성문 '종합' 영어》가 내게 너무 어렵다는 것을 일찌감치 깨달아 과감히 내던지고 좀더 쉬운 책으로 공부했다).

이런 이치를 선행학습에 적용하면, 극소수의 천재적 아이들을 제외하고는 현재 배우는 내용도 제대로 이해하지 못하면서 앞선 내용을 배우면 기분상으로는 뿌듯함이 밀려올지 몰라도 자기 실력이 쌓이지는 않는다는 말이다. 어디 그뿐인가. 부작용도 있다. 선행학습을 하고 수업에 들어오는 학생은 그렇지 않은 학생에 비해 수업 집중도가 떨어질 수밖에 없다. 왠지 자기가 아는 내용인 것 같아 정신을 바짝 차리지 않기 때문이다.

선행학습 금지법이라는 이름으로 알려진 '공교육 촉진 및 선행교육 규제에 관한 특별법'이 시행되면서 학교에서의 선행교육을 금지하자 선행교육을 받기 위해 학원으로 몰려가는 등 부작용이 발생했다. 그러나 이에 대한 보완책으로 다시 학교에서 선행교육을 허용하는 방향으로 가는 것은 역주행이다. 일정한 선행학습 없이는 수능에서 좋은 성적을 거둘 수 없는 수학 과목의 수능 시험 범위를 조정하는 등 선행학습 없이도 불이익을 받지 않는 방향으로 가는 보완책이 필요할 것이다.

사교육 걱정 없이 사는 우리 집

나는 앞에서 언급한 '사교육걱정없는세상'이라는 단체의 회원이고, 우리 집 문패에는 '사교육 걱정 없이 사는 우리 집 제6호'라는 명패가 붙었다. 지금까지는 그 문패에 걸맞게 살아왔는데, 앞으로 어떨지는 모르겠다. 과학자가 꿈인 첫째가 상급 학교에 진학하면 본격적으로 대학 입시 문제를 고민하게 될 테고, 그러다 보면 부분적으로 학원을 이용하는 일이 생길 수도 있다. 심지어 너무 늦었다고 탄식할 수도 있겠다. 사람 일이란 모르는 법이니까. 그러나 분명한 것은 지금까지 우리 가족 구성원이 누려온 행복이 어디로 사라지는 것은 아니라는 사실이다.

또 일류 기업이 선호하는 인재상이 달라짐에 따라 대학이 선호하는 인재상 역시 달라지는 것도 필연적이다. 대학에서 수능 성적 중심의 정시 모집 외에 다양한 방식의 수시 모집을 하는 이유가 여기에 있다. 따라서 자기 꿈이 뚜렷한 첫째가 만약 그 꿈에 걸맞은 능력을 실질적으로 가졌다면 그에 합당한 대우를 받게 될 것이라고 나는 믿는다.

사람들이 잘 모르는 게 있다. 지금은 로스쿨 제도가 도입되어 과거의 이야기가 되어버렸지만, 로스쿨 제도가 도입되기 전 매해 서울대 법대 입학생 중 사법시험에 합격하는 수가 절반 수준에 불과했다. 반면 지방 대학을 나와서도 사법시험에 합격하고 사법연수원에서도 좋은 성적을 내는 사람들도 있다. 공부를 잘한다는 이유만으로 적성과 무관하게 서울대 법대에 진학한 학생과 공부에 눈은 늦게 떴지만 자기 적성에 맞고 잠재력이 있었던 학생의 차이가 빚어낸 결과라고 나는 해석한다. 중요한 것은 자기의 적성을 찾는 것이며, 부모가 할 가장 기초적인 일은 아이가 적성을 찾는 것을 도와주는 일이다. 꾸역꾸역 따낸 대학 간판 의미 없다!

4장

학교폭력 걱정 없는 우리 사회

첫째가 그린 동생의 모습. 둘째 왈, "고릴라 그린 줄 알았어."

교사와 학교가
가장 유능한
해결자

학교폭력 사안 중 상당수는 누구의 관점에서 보느냐에 따라 천양지차다. 가해학생의 관점에서 보면 장난 수준의 일이 피해학생에게는 괴롭고 고통스러운 일인 경우도 있고, 가해학생의 관점에서 보면 진정성 있게 사과했고 그 정도로 충분하다고 생각하는 일이 피해학생의 관점에서 보면 사과 정도로 그쳐서는 안 되고 더 강한 제재를 받아야 마땅하다고 생각하는 일인 경우도 있다.

이렇듯 상반된 이해관계가 존재하는 경우, 중립적 입장에서 조정자 역할을 할 수 있고, 수고로움을 무릅쓰고 그 역할을 해야만 하는 사람은 누구일까? 당연히 교사와 학교다. 어떤 선생님은 담임교사를 제1차 의료기관에, 생활지도부장을 비롯한 학교폭력 전담기구를 제2차 의료기관에, 경찰을 비롯한 사법기구를 제3차 의료기관에 비유하면서 경찰을 비롯한 사법기구는 최후의 수단으로 남겨져야 한다고 주장했는데, 나는 그 주장에 동의하는 편이다.

일단 학생들을 보는 안목에 관해 전문성을 가졌을 뿐만 아니라 학생들과 일상적으로 생활하는 교사들(특히 초등학교 담임교사는 하루 종일 생활을 같이 한다)을 능가할 만한 조정자가 없다. 교육적 견지에서 학생들을 보는 안목에 관한 한, 게을러터지고 부패한 교사조차 열정적이고 유능한 경찰보다 더 높은 안목을 가졌다고 나는 생각한다.

다음으로, 교사와 학교의 권위가 무너지면 평범한 중간층 학생들의 의지처가 없어진다. 이들이 교사의 부재중에 일어나는 학교폭력을 방관하는 학생으로 남느냐 아니면 적극적인 신고나 조정을 하는 학생 역할을 하느냐는 교사와 학교의 권위에 대한 신뢰도와 관련이 있다. 교사와 학교에 대한 믿음이 확고하면 적극적으로 나설 수 있지만, 그렇지 않으면 수수방관하게 될 가능성이 높다는 것이다. 방관 학생들이 학교폭력을 방관하는 이유 중 하나가 '신고해 봐야 별 소용이 없을 것 같아서' '보복이 두려워서'라는 점을 명심할 필요가 있다.

그런 의미에서 교사와 학교가 학교폭력의 유능한 해결자가 될 수 있도록 제도를 설계하고 국민들이 교사와 학교에 힘을 실어주는 것은 무척 중요하다. 스포츠 경기에서 몇몇 심판의 의도적 편파 판정이 발생했다고 해서 심판제도 자체를 부정할 수 없고, 공정하게 심판을 보려 노력하는 심판이 어쩌다 범한 오심으로 인해 심판의 권위가 흔들려버리면 안 되는 것처럼, 가끔씩 발생하는 학교의 학교폭력 축소·은폐 시도나 구체적 사안에서의 오판 때문에 교사와 학교의 권위를 흔들어버리면 안 된다.

제도정비에
무책임하거나
게으른 정부

나는 앞에서 오늘날 학교폭력 사안 처리를 둘러싼 교사와 학부모 사이의 갈등에는 정부가 상당 부분 책임이 있다는 견해를 피력했다. 정부가 학생들 사이의 갈등 요인을 줄이기 위한 노력에 소홀할 뿐만 아니라 학교폭력이 발생했을 때 가해학생과 피해학생 양측이 학교의 지도에 순순히 따를 만한 제도적 장치를 구비하기 위한 노력을 게을리하고 있다는 것이 핵심이다.

정부가 학생들 사이의 갈등 요인을 줄이기 위한 노력을 소홀히 한다는 주장은 조기 과잉경쟁 교육과 학교폭력 사이에 상관관계가 있다는 주장으로 이미 많은 이들이 하고 있으므로 나까지 숟가락을 얹을 필요는 없을 것 같다. 그래서 여기서는 역대 정부가 가해학생과 피해학생 양측이 학교의 지도에 순순히 따를 만한 제도적 장치를 구비하기 위한 노력을 게을리해 왔다는 점에 대해 지적하고 싶다.

심각한 학교폭력이 발생할 때마다 정부는 요란하게 대책 발표를 해왔고, 급기야 2004년에는 '학교폭력 예방 및 대책에 관한 법률' (이하 '학교폭력예방법')을 제정해 단위 학교마다 학교폭력전담기구 및 학교폭력대책자치위원회를 설치하도록 하고 학교폭력대책자치위원회에서 가해학생에 대한 징계권을 행사할 수 있도록 했다. 그럼에도 2011년 12월 20일, 대구의 모 중학교에서 사회 전체를 뒤흔든 끔찍한 학교폭력 사건이 발생하자 2012년 2월 6일에는 기존의 정책을 집대성한 학교폭력근절 종합대책을 발표하면서 단위 학교의 학교폭력대책자치위원회의 징계 재량권을 대폭 축소해 버렸다.

깊이 들어가면 너무 전문적인 내용이 되어버리므로 알기 쉽게 핵심만 요약하면, 현행 학교폭력예방법상 학생들 사이의 사소한 다툼도 모두 학교폭력의 개념에 포함되는데, 학교폭력이 발생하면 무조건 학교폭력대책자치위원회를 개최해야 하고, 학교폭력대책자치위원회는 무조건 징계조치를 해야 한다. 상식적으로 생각하면 학교폭력의 경중에 따라 학교폭력대책자치위원회를 개최할지 아니면 담임교사 선에서 처리할지, 해당 학생들에게 징계를 할지 말지 등을 교사와 학교가 교육적 관점에서 판단하도록 하는 것이 합당하다. 그러나 정부는 교사와 학교에게 일체의 재량권을 박탈해 버렸다.

물론 현실은 따로 놀고 있다. 현행법대로라면 요즘 학생들이 욕설을 입에 달고 사는 중학교의 경우 거의 매일 학교폭력대책자치위원회가 개최되고 반수 이상의 학생이 징계를 당해야 하지만, 그랬다가는 학교가 도저히 정상적으로 운영될 수 없기 때문에 학교에서는 눈치껏 조용히 처리한다. 그러다 잘못 걸리면 불이익을 입을 수도 있다는 불안감을 가진 채 말이다.

학교폭력에 대한 학교의 무사안일한 대응을 비난하는 여론에 부응해 행해진 이런 코미디 같은 정책이 숱한 비판을 받았음에도 불구하고 내가 이 글을 쓰고 있는 지금 이 순간까지 수정되지 않고 있으니 이 또한 코미디라고 할 수밖에.

갈등을 조장하고
방관하는 정부

2012년 2월 6일 발표된 학교폭력근절 종합대책 중에는 엄벌주의의 끝판 왕이라고 할 수 있는 정책이 포함되었는데, 학교폭력 징계조치 전력이 기록된 학생생활기록부가 졸업 후 5년간 보존되어 대학 진학 등에 불이익으로 작용하도록 한 정책이 바로 그것이다. 위와 같은 내용이 포함된 교육부 훈령인 '학생생활기록작성및관리지침'은 2012년 3월 1일부터 시행되었고, 2013년 3월 1일 개정으로 약간 완화되기는 했지만 근본에는 변화가 없다.

이 정책이 단순히 가해학생에 대한 제재에만 그치지 않고 그 학부모에 대한 제재의 성격을 가졌음은 쉽게 알 수 있다. 한국 사회에서 학부모들이 가장 두려워하는 것은 바로 자기 자녀가 대학 진학에서 불이익을 입는 것 아니던가.

이 정책이 시행되자 가해학생 학부모들은 학생생활기록부에 징계조치가 기록되는 것을 막기 위해 필사적으로 나서게 되었다. 교사 및 피해학생 학부모에게 한편으로는 한 번만 봐달라는 애원을 해보고(한 번만 봐달라는 학부모에게 피해학생 학부모가 거액의 합의금을 요구하는 사례도 빈번했다), 그것이 통하지 않으면 궁지에 몰린 쥐가 고양이를 물듯이 필사적인 변명과 너 죽고 나 죽자는 식의 협박을 병행했다.

가해학생이 진지한 반성 대신 결사적으로 변명하며 학교도 책임이 있지 않느냐, 피해학생도 책임이 있지 않느냐 식의 협박을 하면 뜻 있는 교사와 학교는 힘들어진다. 아직 인격적으로 미성숙해 앞으로 개선의 가능성이 많은 학생들의 특성을 감안해 가해학생과 피해학생 사이의 관계를 원만하게 조정하고 싶은 교사는 어느 일방이 강경한 태도를 누그러뜨리지 않으면 괴롭다. 진정한 교육적 해결책을 고민하는 교사가 보기에 정부는 이런 방식으로 학부모와 학부모 사이, 학부모와 교사 사이에 싸움만 붙여놓고 뒷짐 진 채 수수방관하고 있다.

'회복적'
학생생활지도

사실은 이 이야기를 하기 위해 약간 돌아왔다. 위 용어는 '회복적 정의'라는 개념을 학생생활지도에 적용해 만든 용어이므로 먼저 '회복적 정의'라는 개념을 알아야 한다. 잘못한 사람을 바로잡기 위한 처벌을 기초로 이루어지는 정의를 '응보적 정의'로 본다면, 잘못된 행동으로 인해 발생한 피해를 회복하고 깨어진 관계를 복원하는 데 초점을 맞춘 정의를 '회복적 정의'라고 한다.

하워드 제어Howard Zehr가 쓴 《회복적 정의란 무엇인가》라는 책의 원제목이 'Changing Lenzes'라는 데서 짐작할 수 있듯, 기존의 시각을 완전히 바꿔야 한다는 의미에서 도입된 새로운 개념이다. 그 골자를 쉽게 말하면, 그동안 우리가 어떤 폭력 사건이 발생했을 때

'누가, 어떤 법을 위반했으며, 어떤 형벌을 주어야 하는가?'를 먼저 떠올렸다면, 이제는 '누가 상처를 입었고, 그들의 요구는 무엇이며, 그것은 누가 책임지고 해결해야 하는가?'를 먼저 떠올려야 한다는 것이다. 즉, '피해자의 요구와 권리'를 중심으로 사고해야 한다는 것이다.

이하의 내용은 하워드 제어의 책 내용과 회복적 정의의 대가大家인 서정기 박사에게 들었던 강의 내용을 내 나름대로 요약한 것이다.

'회복적 정의'의 등장 원인

우선 기존의 주류적 사법절차였던 응보형 사법절차는 피해자에게 큰 도움이 되지 않았다. 가해자는 검사 앞에서 조사를 받고 판사에게 처벌을 받는데, 심하게 표현하면 판사와 검사는 피해자가 진정으로 원하는 것이 무엇인가에 관심도 없으면서 범죄자에게 각종 제재를 가하기 위해 피해자의 이름을 빌린다고도 할 수 있었다. 이런 문제점을 지적하는 소위 '피해자학'이 발전하면서 피해자의 복수감정을 존중하고 금전적 피해보상을 해야 한다는 취지의 제도들이 도입되었으나, 이것만으로 해결되지 않는 사례들이 있었다.

또 가해자에 대한 응보적 처벌은 긍정적 효과만이 아니라 부정적 효과까지 초래했다. 처벌로 인해 고통을 느낀 가해자는 처벌권자에게 원망과 분노를 느끼고 동료들에게 화풀이를 하며, 이것이 총체적 저항으로 발전하기도 한다. 즉, 많은 경우 처벌이 가해자로 하여금 정당한 처벌을 받았다는 인식을 갖게 하는 역할을 수행하지 못하고 억울하거나 과도하게 처벌받았다는 분노를 갖게 하는 역할을 수행한 것이다. 책임감 있는 사람에게 처벌을 하면 책임감 있게 대응하지만 무책임한 사람에게 처벌을 하면 더더욱 무책임하게 될 수 있음은 우리가 현실에서 종종 목도하는 바다.

특히 부모와의 애착 결여 등으로 인해 친구나 교사 등의 상대방을 적대시하고 규범을 냉소하는 지식구조가 형성될수록 학교폭력 가해자가 될 확률이 높아진다고 하는데, 이런 가해학생의 '범죄유발형 지식구조'가 형성되는 주관적 사고과정을 이해하면 응보적 정의에 입각한 대응은 그들로 하여금 더욱 더 친구나 교사 등의 상대방을 적대시하도록 만들 가능성이 높다고 할 수 있다.

따라서 진정으로 필요한 정의의 내용은, ①가해자에게 '자기의 행위 자체를 대면할 기회' 및 '피해자를 대면할 기회'를 제공함으로써 '자기 행위가 다른 사람의 삶에 미치는 결과'를 이해할 기회를 제공하는 것, ②가해자가 가능한 모든 방법을 통해 자기 행위에 대한

책임을 지도록 하는 것, ③최종적으로 피해자 및 둘러싼 환경과 화
해하도록 하는 것이다.

회복적 학생생활지도를 바란다

가해학생과 피해학생이 진정으로 화해하도록 하려면 피해학생
과 가해학생의 진정한 속내를 정확히 파악해야 한다.

물질적 · 신체적 · 정신적 피해를 인정받고 사과받기를 원하는
피해학생의 진정한 속내는 무엇일까? 자신뿐만 아니라 가족을 비롯
해 주변 사람들이 받은 고통을 가해학생에게 직접 알리고 싶은 마
음, 가해학생의 동기에 대해 직접 들어보고 재발방지의 약속과 손해
배상을 받고 싶은 마음, 가해자가 뉘우치고 새롭게 되기를 바라며
가능한 한 관계가 회복되기를 바라는 마음이 아닐까?

가해학생의 진정한 속내는 무엇일까? 잘못에 대한 책임을 지되
피해자에게 직접 상황을 설명하고 싶은 마음, 할 수 있으면 고통을
받은 사람들 모두에게 용서를 구하고 잘못된 행동에 대해 사과하고
싶은 마음, 자신의 동기를 설명함으로써 사람들이 비난보다는 이해
해 주기를 바라며 사회에서 '죄인'으로 낙인찍히고 싶지 않은 마음,

피해학생뿐만 아니라 가족 등 주변 사람들과의 관계를 정상으로 회복하고 싶은 마음이 아닐까?

그렇다면 이미 해결방안도 나왔다고 볼 수 있다. 피해학생이 입은 피해를 온전히 인식할 수 있는 기회와 더불어 가해학생의 입장에 대해서도 모두가 공감할 수 있는 기회를 제공하고, 문제해결 과정에 가해학생 피해학생 당사자들이 직접 참여해 책임과 의무감을 갖게 하며, 당사자들이 가정 및 학교 공동체에 다시 결합할 수 있도록 돕는 것이 바로 그것이다. 이렇게만 된다면 갈등은 공동체성을 키우는 계기가 될 수도 있다.

그런데 이렇게 하려면 반드시 필요한 것이 전문 상담 교사의 확충, 담임교사의 상담 능력 배양과 더불어 '충분한 경청의 시간'이다. 전문 상담 교사의 확충, 담임교사의 상담 능력 배양도 중요하지만 충분한 시간이 확보되지 않으면 위와 같은 방식의 문제 해결은 현실적으로 불가능하다. 따라서 자녀가 학교폭력에서 안전하기를 원하는 학부모라면 학교가 '회복적 학생생활지도'를 할 수 있는 여건을 만들어주도록 정부에 요구해야 한다.

'감시의 렌즈'가 아닌
'따뜻한 사람'이 필요

　　학교폭력의 대책 중 하나로 거론되는 CCTV 설치에 관한 이야기를 한번 해보자. 2013년 3월 11일 경북 경산에서 한 고등학교 학생이 학교폭력에 시달리다가 자살하면서 유서에 "이런 식으로는 절대 학교폭력을 못 잡는다. CCTV의 사각지대가 많고 화질도 나쁘니 좋은 걸로 교체해야 한다"고 적은 것을 계기로 정부는 고화질 CCTV를 확대 설치하겠다고 발표했다. 이에 대해 며칠 후인 2013년 3월 19일 서부원이라는 교사는 인터넷신문 오마이뉴스에 '아이들에게 필요한 건 감시의 렌즈가 아닌 따뜻한 사람'이라는 부제로 다음과 같은 글을 기고했다.

(…) 유서에 적힌 내용 때문일까. 정부가 바뀌고 새 장관이 임명됐지만, 첫 대책이랍시고 내놓는 게 고작 고화질 CCTV의 확대 설치란다. 학교폭력이 주로 일어나는 사각지대를 없애겠다는 것인데, 얼마 안가 화장실에서 용변 보는 모습조차 CCTV에 찍히게 될지도 모르겠다. 인권침해의 요소가 있다는 주장은 학교폭력 근절이라는 여론 속에 '한가한' 얘기라며 조롱받게 될 처지다.

이 소식을 접한 아이들과 교사의 반응은 하나같이 '어이가 없다'는 표정이다. '학교폭력이 CCTV 탓'이냐며 다들 한껏 조롱했다. 학교마다 정도의 차이는 있겠지만, 지금 일선 학교마다 CCTV는 차고도 넘친다. 그늘진 건물 뒤편은 말할 것도 없고, 각층 복도와 급식소, 매점과 교문 등 학교 내 곳곳을 촘촘하게 내려다보고 있다. 조금 과장하자면, 외려 사각지대를 찾기가 더 어려울 지경이다.

결국 남은 곳은, 유서에서 언급한 대로, 학교폭력이 주로 일어난다는 교실과 화장실뿐이다. 학교를 고화질 CCTV로 '도배'해서 얻으려는 게 과연 무엇일까. 여론에 따른 생색내기일 뿐 별 효과가 없을 거라는 건 그들 역시 모르진 않을 거다. 몇해 전부터 CCTV가 전국의 학교마다 유행처럼 확산됐지만, 학교폭력은 조금도 줄어들지 않았다.

거칠게 말해서, 교도소를 방불케 하는 1년 365일 감시체제가 아이들을 교육하는 학교에 가당키나 한가. 예산 낭비가 불 보듯 뻔한 데도 애

꿋게 CCTV의 부족과 화질을 탓하며 확대 설치 운운하는 것은, 자신들의 정책 실패를 감추려는 행태이며 전형적인 책임 회피다. 반대 의견을 묵살한 채 강행한 나머지 발생한 예산 낭비 등의 피해는 늘 그래왔듯 오롯이 국민들 몫이다.

(…) 부디 고화질 CCTV를 확대 설치해서 학교폭력을 잡겠다는 '삼류 코미디'는 그만두고, 그럴 예산이 있다면 차라리 학교마다 전문 상담사를 한 명이라도 더 배치해 달라. 학교폭력에 노출된 아이들에게 정작 필요한 건 그들을 상시 감시하는 싸늘한 '렌즈'가 아니라, 그의 말을 들어주는 따뜻하고 친절한 '사람'이다.

CCTV 확대 설치에 대한 찬성 여론도 꽤 높다는 점을 고려할 때 아이들과 교사들의 반응이 하나같이 '어이가 없다'는 표정이라는 표현은 과장된 것 같지만 핵심만큼은 잘 찌르는 글이다.

기사화되는 아동학대 사례들의 상당수가 CCTV가 설치된 어린이집이나 학교에서 벌어진 사례임을 보면 CCTV 설치가 학교폭력을 예방하는 기능을 제대로 수행하는 것 같지는 않다. 처음 설치될 때 반짝 효과를 볼 수 있을지는 몰라도 사람이라는 게 시간이 지나면서 무감각해지는 동물이기 때문에, 일정한 시간이 지나면 CCTV가 설치되어 있다는 사실을 인식하지 못하고 행동한다는 것이 전문가들의 견해다.

그럼에도 불구하고 CCTV의 존재 의미가 있다면, 폭력이 행해졌다는 증거로서의 기능을 하기 때문이다. 따라서 아직 아이들이 어리거나 발달장애가 있어 자신이 목도한 사실을 표현하는 데 서투르거나 사실을 제대로 목도하는 데 어려움을 가진 곳인 어린이집이나 특수학교의 경우에는 CCTV 설치가 일정한 의미를 가질 수 있다. 그러나 일반적인 학교의 경우에는 다른 증거들을 충분히 수집할 수 있기 때문에 CCTV가 별 의미가 없다. 그에 반해 CCTV라는 감시망 속에 고스란히 사생활이 노출됨으로 인해 입게 되는 피해는 막대하다. 아무 곳에나 CCTV를 설치하는 행태가 빈대 한 마리 잡으려고 초가삼간을 태우는 격이라면 너무 심한 말일까?

교사들을
응원하며

교사를 응원하는 입장에서 교사들에게 꼭 하고 싶은 말이 있다.

이제는 학교폭력으로 인한 불상사가 발생하면 담임교사가 이러저러한 법적 책임을 진다는 것이 널리 알려져, 새 학년 담임교사들의 간절한 소망 중 하나가 '적어도 내 반에서는 학교폭력으로 인한 불상사 없이 올 1년이 지나갔으면' 하는 것이 아닐까 싶다. 학기 초에는 '학교폭력 예방교육을 어떻게 해야 불상사를 미연에 방지할 수 있을까?'를 고민하며 나름대로 여러 방법을 강구해 보지만, 교사가 아무리 예방교육을 잘해도 학교폭력 제로가 될 수는 없는 일이다. 담임교사로서는 계속해서 긴장의 끈을 놓지 말고 학생들의 동태를 살펴볼 수밖에 없는데, 이상한 징후가 보이는 학생이 포착되었을 때 중요한 것은 주위 학생들에게 도움을 얻는 것이다. 학생들 사이에서 일어나는 일들에 대해서는 동료 학생들이 가장 잘 알고 있기 때문이다.

실제로 2011년 11월 20일 대구의 모 중학교에서 발생해 전국을 충격의 도가니로 몰아넣었던, 그리하여 정부로 하여금 2012년 2월 6일 학교폭력근절 종합대책을 발표하도록 만들었던 자살 사건의 경우, 담임교사가 피해학생의 이상 징후를 포착하고 나름대로 노력했음에도 불구하고 피해학생은 물론 피해학생의 친구들조차 설마 하며 담임교사에게 입을 열지 않고 있는 사이에 발생한 비극이었다.

먼저 여느 많은 경우와 마찬가지로 피해학생은 보복의 두려움으로 인해 피해 사실을 신고하지 못했는데, 이런 사실은 "저는 그냥 부모님한테나 선생님, 경찰 등에게 도움을 구하려고 했지만, 걔들의 보복이 너무 두려웠어요"라는 내용이 포함된 학생의 유서를 통해 알려졌다. 사실 담임교사는 피해학생과 원만한 관계를 유지하면서, ① 사건 발생 2주 전에는 피해학생이 점심을 먹지 않고 혼자 교실에 앉아 울고 있는 것을 발견하고, 학생에게 경위를 묻고 피해학생의 모친에게도 면담을 요청했으며, ②피해학생의 모친과 전화 통화를 마친 후 피해학생을 교무실로 불러 컴퓨터 게임을 얼마나 하고 있는지, 용돈의 사용처, 괴롭힘을 당하고 있지는 않은지 등을 물어보았으며, ③그 후에도 지속적인 관찰이 필요하다고 판단해 피해학생에게 교우관계 등에 대해 묻는 등 나름대로 노력을 했다. 그러나 피해학생은 담임교사에게 바쁜 일상으로 스트레스를 받는다는 것 외에는 별다른 대답을 하지 않았다.

정작 피해학생이 자신이 괴롭힘을 당하고 있다는 사실을 알리고 자살충동을 호소한 대상은 담임교사나 부모, 경찰이 아니라 같은 반 친구 두 명이었다. 그러나 안타깝게도 이 두 명의 친구들 역시 담임교사에게 피해학생이 괴롭힘을 당하고 있다는 사실을 알리지 못했다. 판결문(대구지방법원 2012가합1492 판결)에는 위 두 명이 피해사실을 담임교사에게 알리려고 했으나 피해학생이 교무실 앞에서 이들을 막아 담임교사가 그 사실을 알지 못했다고만 기재되어 있다. 그러나 2011년 9월경부터 피해학생에게 자살충동 호소를 들었던 위 두 명이 피해사실을 담임교사에게 알리려는 강한 의지가 있었다면 얼마든지 알릴 수 있었을 것이다. 아마도 자칫 잘못해 자신들이 의도하지 않았던 방향으로 일이 전개되었을 때의 부담감도 한편에 자리 잡고 있지 않았을까 하는 추론을 해볼 수 있는 대목이다.

어쨌든 법원은 위 사례에서 담임교사가 피해학생이 자살에 이를지도 모른다는 점에 대해 충분히 예측 가능했음에도 불구하고 피해학생의 자살을 예방하기 위해 아무 조치를 취하지 않았다며 담임교사와 학교장의 손해배상책임을 인정했는데, 그 근거 중 하나가 "피해학생이 2011년 9월경부터 자신과 가까운 친구들에게 자살충동을 호소하였으므로, 담임교사가 주의를 기울이고 친구들을 탐문하였더라면, 피해학생의 상황을 파악할 수 있었을 것으로 보인다"는 것이었다. 쉽게 말해 그 정도로 심각한 상황이었는지 몰랐다는 것은 변명이 되지 않는다는 것이며, 문제가 있을 수 있다고 판단했다면 그 문제가 무엇인지 알아내기 위해 모든 수단을 강구하라는 것이 위 사례에서 법원의 판단이다.

이런 법원의 판단이 교사에게 지나치게 가혹하다는 하소연이 있을 수 있겠지만 하소연은 하소연에 불과하다. 학교폭력이 사회적으로 심각한 이슈가 될수록 법원은 교사에게 엄격한 잣대를 들이대기 마련이므로, 교사들로서는 그에 맞추어 학교폭력에 대처하는 역량을 강화할 수밖에 없다. 그중 하나가 피해학생의 동료 학생들에게 필요한 정보를 얻어내는 역량이라는 것을 위 사례는 말해 준다.

'버럭'하는 부모,
따라하는 아이들

앞에서 나는 학부모가 웬만하면 교사의 학교폭력 사안처리를 존중해 주었으면 좋겠다고 얘기했다. 특히 가해학생 학부모의 경우에는 학교의 사안처리에 반발하는 것이 오히려 손해일 가능성이 높다는 취지의 이야기를 했다. 여기서는 그와 중복되지 않는 몇 가지를 이야기하려고 한다.

끔찍한 학교폭력 사건이 끊이지 않다 보니 모든 학부모들이 자신의 자녀가 학교폭력의 피해자가 되지나 않을지 불안해한다. 그러한 불안감을 해소해 준답시고 정부가 여러 정책을 발표하지만 끔찍한 사건은 반복된다. 결국 집에서도 신경을 곤두세우는 수밖에 없다.

학부모 입장에서 가장 신경 써야 할 것은 무엇일까. 그것은 바로 자녀와의 격의 없는 대화 분위기 조성이다. 무슨 일이 생겼을 때 부모에게 솔직히 털어놓을 수 있는 관계를 어려서부터 맺어놓는 일이 가장 중요하다. 말은 쉬운 것 같은데 이게 잘 안 된다. 자녀의 입장에서 보면 아빠는 무섭고 엄마는 피곤해서 부모 중 누구에게도 솔직히 털어놓기 힘든 집안이 굉장히 많다.

아빠는 매일 늦게 들어와 얼굴을 맞대고 편한 대화를 할 시간이 없다. 게다가 무슨 잘못을 좀 했다 싶으면 버럭 화를 내기 일쑤다. 평소에 잘해 주는 것도 없으면서 화만 내는 아빠에게 어떻게 자신의 약점을 이야기할 수 있겠는가. 오히려 반항심을 가지지 않으면 다행이다(물론 자녀가 성장해 나중에 학부모가 되면 그때는 아빠를 이해하고 존경하게 된다. 하지만 그건 먼 훗날 얘기다).

엄마는 나를 위해 주는 것 같은데 이것저것 요구사항이 너무 많고, 내게 너무 몰입하는 것 같아서 부담스럽다. 내가 엄마의 기대에 부응하지 못하면 얼마나 실망하실까, 하는 생각에 엄마에게도 모든 문제를 솔직하게 털어놓을 수 없다. 그러다 보면 결국 친구에게 의존하게 되는데, 그 친구가 올바른 방향으로 인도해 주는 친구라는 보장은 없다.

따라서 자녀들이 어려서부터 부모와 격의 없는 대화를 하는 평화로운 가정을 구축하는 것이 매우 중요하다. 학교폭력의 위험에서 벗어나기 위해서라도 가족 구성원끼리 경청하는 시간을 많이 가지는 사회로 가기 위한 노력을 경주해야 한다.

특히 아빠의 양육 태도에 대해 꼭 하고 싶은 말이 있다. 아빠와 친밀한 관계를 유지하는 학생 치고 학교폭력에 연루되는 학생은 없다. 그 반대로 아빠가 버럭 화를 내는 집안의 자녀들은 다른 사람에게 버럭 화를 낼 가능성이 높다. 남의 이야기가 아니라 내 이야기다.

나는 아이들과 자주 이야기하는 편인데도 아이들이 말을 듣지 않을 때 가끔 버럭 화를 내기도 한다(심지어 둘째에게는 체벌까지 한 적이 있음은 앞에서 밝혔다). 나는 마음이 급해 죽겠는데 아이들은 천하태평, 시키는 일은 안 하고 오히려 방해만 놓는다고 느껴질 때 아이들이 왜 그랬는지 아이들 입장에서 생각해 볼 여유를 가지지 않고 버럭 큰 소리가 먼저 나가곤 했다. 그랬더니 언제부턴가 아이들끼리 싸울 때 형이 동생에게 이유도 묻지 않고 버럭! 그러면 동생도 덩달아 버럭하기 시작하는 것이었다. 그 충격적인 광경을 목격하며 나는 분노의 기운이 가득 찬 가정, 분노의 기운이 가득 찬 학교, 분노의 기운이 가득 찬 사회에서는 누군가를 대상으로 한 분노의 폭발이 필연적이라는 깨달음을 얻고 화내는 것은 최후의 수단으로 남겨두어야겠다고 마음 먹었다.

그런 의미에서 보수와 진보를 막론하고 지도자의 위치에 있는 사람들이 분노와 증오를 부추기는 막말 내지 욕설을 내뱉는 것은 학교폭력을 조장하는 면이 있다. 그런 사람들에게는 학부모들이 나서서 따끔한 경고를 해주어야 한다.

과거와 달리 지금은 어떤 행위가 학교폭력인지 아닌지 여부를 판단할 때 피해학생의 입장을 우선적으로 고려하는 것이 보편화되었다. 가해학생 입장에서는 진짜 장난으로 한 행위라고 하더라도 그 행위로 인해 피해학생이 정신적으로 고통을 받았다면, 학교에서는 이를 학교폭력으로 보고 그에 상응하는 조치를 취한다. 사소한 괴롭힘은 아무것도 아니라고 치부해 버리던 시절에 비하면 우리 사회가 진일보한 것이라고 볼 수 있겠다.

처벌의 부족일까,
애정의 부족일까

　학교폭력 피해학생의 입장에서 반드시 가해학생을 형사고소하고 싶은 경우가 있다. 민사상 손해배상 청구를 해봐야 들이는 변호사 비용 및 노력에 비해 몇푼 받지 못하고, 학교에서의 징계조치라고 해봐야 자신이 당한 정신적 고통에 비해 턱없이 부족하다고 느끼는 경우 그런 충동을 느끼게 된다.

　그런데 우리 형법은 14세 이상인 사람에 대해서만 형사처벌을 할 수 있도록 규정하고, 소년법은 10세 이상인 사람에 대해서만 보호처분을 할 수 있도록 규정해, 14세 미만인 학생은 무슨 짓을 해도 형사처벌을 받지 않고, 10세 미만인 학생은 아예 어떤 제재도 받지 않는다. 이나마도 2007년 12월 21일 소년법이 개정된 결과이며, 개정 전까지는 12세 미만인 학생은 아예 어떤 제재도 받지 않았다.

이런 상황에서는 피해학생 입장에서 억울함을 느끼는 경우가 생길 수 있는데, 특히 학교폭력이 저연령화되고 흉포화될수록 그런 경우는 많아질 것이다. 지금도 형법상 미성년자 연령 혹은 소년법상 보호처분 대상 연령을 낮추자는 주장이 계속 제기되고 있어 언젠가는 형법상 미성년자 연령이 낮아지거나 소년법상 보호처분 대상 연령이 낮아지거나 둘 다 낮아지는 날이 올지도 모르겠다(2007년 12월 21일 소년법이 개정된 계기는 한 피해학생의 학부모가 14세 미만을 형사미성년자로 정한 형법 규정이 위헌이라고 주장한 데서 비롯되었다. 이 사건을 다룬 헌법재판소의 재판관 중 전효숙 재판관은 형사미성년자 규정은 그대로 두더라도 소년법상 보호처분의 대상 연령은 아예 하한을 없애버려야 한다는 의견을 개진했고−헌법재판소 2003. 9. 25. 선고 2002헌마 533 결정−결국 절충점으로 소년법상 보호처분의 대상 연령이 12세에서 10세로 하향 조정되었다). 그러나 나는 국민들이 청소년의 특성에 대해 한 번쯤 고민해 보았으면 좋겠다고 생각한다. 다른 것은 차치하더라도 청소년은 감수성이 강하고, 상처받기 쉬운 정신상태에 있으며, 반사회성도 고정화되어 있지 않으므로 교육적 조치에 의한 개선가능성이 있다는 특성을 가진다.

나의 청소년기를 돌아보더라도 법의 기준으로 보면 처벌받아야 되는 행위를 큰 죄의식 없이 한 경우들이 있는데, 이에 대해 처벌 위

주의 대응이 이루어졌다면 지금의 내가 될 수 있었을까 하는 생각을
한다.

소년 범죄를 전문적으로 다루는 현직 판사 천종호의《아니야,
우리가 미안하다》라는 책에는 비행 청소년들의 비행에 대한 책임을
그 개인에게만 묻기 힘든 가슴 아픈 사연, 비행 청소년들이 따뜻한
보살핌으로 변화되는 사례들이 나온다. 이런 사례들을 읽어보면, 현
재 우리 사회에 가해학생들에 대한 처벌이 부족한 것인지 애정이 부
족한 것인지 다시 한 번 생각하게 된다.

5장

탁 변호사의 내곡동 특검 이야기

재 직 기 념

특별수사관 **탁 경 국**

2012. 11. 14.

이명박정부의내곡동사저부지매입의혹사건진상규명

특별검사 **이 광 범**

내곡동 사저 특검 재직 기념패. 변호사로서 색다른 경험을
하며 나름 자부심도 느꼈다.

특검 무용론
VS
특검 만능론

특검이란 제도는 세금 먹는 하마라는 주장이 있다. 이른바 특검 무용론이다. 막대한 세금을 들여 구성한 역대 특검 중 성공한 특검이 많지 않다는 현실에 근거한 주장이다. 특히 어떤 특검은 오히려 수사 대상자에게 면죄부만 주어 차라리 안 하느니만 못했다는 평가를 받기도 한다. 그러나 국민들이 납득할 만한 결과를 내놓은 소위 성공한 특검도 있으므로 무조건 특검이 불필요하다고 말하는 것은 타당하지 않다.

반면 특검을 만병통치약으로 생각하는 사람들도 있는 것 같다. 이들은 왜 역대 특검 중 성공한 특검이 많지 않은지에 대해 좀더 알 필요가 있다. 그래서 내가 특검 시작부터 끝까지 직접 참여한 내곡동 사저 특검(정식 명칭은 '이명박정부의내곡동사저부지매입의혹사건진상규명 특검' 이나 편의상 이렇게 표현한다) 사례를 소개함으로써, 현실적으로 특검이 어떻게 작동되는지를 알리고자 한다. 이를 통해 보다 많은 사람들이 특검에 대한 안목을 좀더 높일 수 있었으면 하는 바람이다.

사실 내곡동 사저 특검에 대해 법조계에서는 성공한 특검이라고 평가하는 분위기가 지배적인 반면 일반인들 사이에서는 특검의 성과가 초라하다고 평가하는 분위기도 있는 것 같다. 누군가는 내게 "민심民心은 법심法心과 다르니 어디 가서 내곡동 사저 특검에 참여했다고 자랑하지 마라"고 하던데, 아마도 이명박 대통령 및 그 가족이 기소되어 재판정에 서지 않았기 때문에 그런 것 같다. 그러나 이유를 알고 나면 왜 법조계에서 내곡동 사저 특검을 성공한 특검이라고 평가하는지 알 수 있을 것이다.

모르는 게 그 자체로 부끄러운 일은 아닐 수 있지만 자랑도 아니다. 그리고 모르는 것에 대해 알려고 하지 않는 것은 부끄러운 것이며, 특히 사회적 지위가 높은 사람은 더욱 그렇다. 나는 국회의원들이 무슨 일만 있으면 특검을 부르짖는 일은 삼갔으면 좋겠다.

내곡동 특검의
출발

내곡동 사저 특검은《시사IN》소속 주진우 기자에서 시작되었다고 해도 과언이 아니다. 주진우 기자는 2011년 10월 11일 발행된《시사IN》제213호를 통해 직장 3년차에 불과한 현직 대통령의 아들 이시형이 개발 가능성 높은 내곡동 부지를 매입한 경위에 관한 의혹을 제기한 후, 그 다음 주인 2011년 10월 18일에 발행된 제214호에서 그러한 의혹들을 체계적으로 정리했다.

이를 요약하면, 대통령이 본인 명의가 아니라 아들 이시형 명의로 내곡동 부지를 매입한 것이 편법 내지 불법이라는 것(증여세 회피 또는 불법적 명의신탁)과 내곡동 부지를 이시형과 국가(경호처)가 공동으로 매입하면서 이시형은 이익을 얻고 국가는 손해를 본 의혹이 있다는 것이었다.

현재의 새정치민주연합의 전신이라 할 수 있는 민주통합당은 이를 토대로 관계자들을 고발했고, 검찰은 피의자인 이시형에 대한 소환 조사를 하지 않는 등 석연치 않은 수사 과정을 거친 후 석연치 않은 이유를 들어 모든 피의자를 무혐의 처리했다. 국민 여론은 보수와 진보를 막론하고 들끓었다.

그리하여 여야가 특검을 구성하기로 합의해 2012년 9월 21일 '이명박정부의 내곡동사저부지 매입의혹 사건 진상규명을 위한 특별검사의 임명 등에 관한 법률'을 제정했는데, 특징적인 것은 위 법안이 기존의 특검 법안과 달리 야당인 민주통합당이 특검 추천권을 가지도록 규정한 것이었다. 대통령 일가를 수사할 특검 추천권을 야당이 가지는 것은 정권 초기라면 있을 수 없는 일이었다. 그러나 정권 말기인지라 대통령의 반발에도 불구하고 여야가 합의하게 되었다.

민주통합당은 특별검사 후보로 이광범 변호사와 김형태 변호사, 2인을 추천했다. 순수 재야 출신이자 인권변호사로 유명한 김형태 변호사를 대통령이 특별검사로 임명할 가능성이 전무하다는 법조계의 예상대로 대통령은 이광범 변호사를 특별검사로 임명하고 다정하게 사진까지 찍었다. 이때까지만 해도 청와대에 압수 수색이

들어온다거나 하나밖에 없는 아들이 두 번씩이나 특검에 소환될 거라고는 예상하지 못하였으리라.

특검팀의
구성

판사로서 법원의 요직을 두루 경험한 이광범 특별검사는 특유의 마당발 인맥을 동원해 짧은 시간 내에 특검팀 구성을 완료했다. 특검팀은 특별검사를 보좌할 특별검사보 2인을 정점으로 하여 법무부에서 파견된 검사 5명, 자천 타천으로 변호사 휴업계를 내고 특별수사관으로 들어온 변호사 6명, 특별수사관을 지원해 줄 경찰 6명 및 기타 인력들로 구성되었는데, 특검팀의 구성이라는 것이 재미있다. 특검팀이라는 한 배에 타긴 했지만 기본적으로 검사와 변호사들, 즉 특별수사관들은 상반된 이해관계를 가졌기 때문이다.

내곡동 사저 특검은 검찰의 무혐의 처분을 믿을 수 없다는 이유로 탄생했기 때문에 내곡동 사저 특검에 파견된 검사들은 수사에 소극적일 가능성이 높았다. 검찰 조직에서 함께 근무하는 어떤 검사가 수사해서 무혐의 결론을 내린 사건을 특검팀에 들어온 검사가 다시 수사해 혐의가 있다는 결론을 내리게 되면, 처음의 결론을 내린 동료 검사를 수사 결과로써 질책하는 셈이 되기 때문이다. 반면 특별수사관들은 특검의 존재 이유를 입증해야 하기 때문에 국민들이 수긍할 만한 수사 결과를 내놓기 위해 수사에 적극적일 수밖에 없다.

문제는 검사들이 수사에 소극적인 자세를 보이거나 심지어 수사를 보이콧하면 현실적으로 수사의 진척이 더디게 되어 정해진 시간 내에 일정한 성과를 내기 어렵게 된다는 점이다. 왜냐하면 특검팀 내에서 수사 역량이 가장 뛰어난 집단이 검사 집단일 뿐만 아니라(물론 특검에 파견된 경찰들도 난다 긴다 하는 분들이기는 하지만 이들은 공소제기 및 공소유지의 경험이 없기 때문에 재판을 염두에 둔 서류작성 및 증거정리 능력에서 검사를 따라갈 수가 없다), 현행 형사소송법상 검사가 작성한 피의자신문조서만이 향후 재판 과정에서 증거능력이 쉽게 인정되므로 피의자신문은 검사들만 할 수 있기 때문이다.

그래서 어떤 특검팀이든 특검팀의 성패는 특검팀에 파견된 검사들이 얼마나 열심히 수사하느냐에 달렸다고 해도 과언이 아니다. 나는 특별검사의 리더십 요체는 파견 검사들이 수사에 적극적으로 임하도록 여건과 분위기를 조성하는 데 있다고 생각한다.

수사 과정

특검팀은 2011년 10월 16일에 공식 출범했는데, 특별검사의 명에 따라 그 며칠 전부터 사무실 마련 등의 실무적인 준비를 한 준비팀의 헌신적인 노력 덕분에 출범하자마자 곧바로 실질적인 수사에 착수할 수 있었다.

사실 한 달이라는 기간 안에 수사 및 기소까지 마무리하려면 단 하루도 헛되이 낭비하는 것이 아까웠는데, 그런 면에서도 특별검사의 치밀한 사전준비 능력은 돋보였다. 나는 그것이 판사 시절 두루두루 요직을 거치며 행정을 경험한 연륜 덕분이 아닐까 생각한다. 경험만큼 위대한 스승은 없는 것 같다.

막상 수사가 시작되니 검사들이 수사에 소극적으로 나올 것이라는 걱정은 말 그대로 기우에 불과했다. 그들은 법무부에서 파견한 부장검사의 지휘 아래 일사분란하게 조직적으로 움직였다. 수사의 베테랑답게 효율적으로 움직였으며, 단련된 공무원답게 새벽 퇴근과 정시 출근, 휴일 근무를 초인적인 힘으로 견뎌냈다. 법조계에 이름 그대로 '광범위한' 인맥을 가진 이광범 특별검사의 존재감 및 합리적 리더십이 검사들의 적극성에 한몫 했을 거라는 점을 감안하더라도 그들의 예상을 뛰어넘는 헌신성은 놀라웠다(우리 특별수사관들도 나름 조직적으로 열심히 한다고 했지만, 보름 정도 지나고 나니 결국 체력과 조직력 면에서 검사들을 따라가지 못하는 것이 눈에 보였다).

검사들이 예상과 달리 열심히 수사를 하자 특별수사관들은 약간의 궤도 수정을 해야 했다. 처음에는 검사들이 피의자나 주요 참고인을 신문할 때 빠져나갈 구멍을 만들어주는 건 아닌가 하는 의심을 가졌다. 그래서 검사들의 신문 과정에 입회해 그들을 감시하는 역할을 하려 했는데, 열흘 정도 돌아가는 꼴을 보니 그건 아닌 것 같았고, 특별검사도 검사들에 대한 쓸데없는 의심을 풀고 자기 일을 찾으라고 지시했다.

그 후로는 특별수사관들이 역할을 분담해 검사들이 적극적으로 할 수 없는 일을 찾아 나섰는데, 공소제기의 근거를 마련하는 일과 대통령 가족 관련 탐문 수사가 그 골자였다.

검사들에게 뒤질 수 없다는 오기를 가지고 수사에 적극적으로 임한 경찰들의 뛰어난 촉각에 힘입어 탐문 수사는 일정한 성과를 거두었고, 이는 이명박 대통령의 '수사기한 연장 불허가'로 연결되었다.

불신이 낳은
비효율

    특별수사관들은 검사들이 수사에 소극적이거나 심지어 피의자들이 빠져나갈 구멍을 만들어주는 수사를 함으로써 기존의 불기소 처분을 정당화하지 않을까 우려했다. 그래서 검사의 조사 과정에 입회했는데, 이는 불필요한 일이었다. 그 시간에 보다 생산적인 다른 일을 했더라면 좋았을 것이다.

    반대로 검사들은 특별수사관들이 법리를 무시하고 여론의 입맛에 맞는 수사를 하려는 게 아닌가 하는 불신을 가지고 있었다. 특히 수사 첫 날부터 수사 내용이 《한겨레》에 구체적으로 보도되면서 검사들은 특별수사관들 중 누군가가 내부 정보를 언론에 흘린다는 판단을 했다. 그래서 검사들이 작성한 기록을 실시간으로 특별수사관들과 공유하는 것을 멈췄다. 그 결과 특별수사관들은 며칠 후에야 수사진행 내용을 알 수 있었고, 이로 인해 특별수사관들의 활동에 차질이 빚어졌다. 특히 특검팀 해체 후 공소유지 실무를 담당하게 된 나는 특검 활동 막바지에 전광석화電光石火처럼 이루어진 경호처 직원들의 증거인멸 행위에 대한 수사진행 내용을 특검팀이 해체되기 전까지 구체적으로 알지 못한 상태에서 재판에 임하느라 애를 먹었던 기억이 있다.

재미있는 것은 내부 정보를 흘리는 사람으로 내가 지목되었다는 것이다. 나중에 안 사실이지만 검사들은 특별수사관들 중 유일하게 민변 소속인 내가 가장 강경파고 《한겨레》와 내통하리라 생각하고 있었다. 《한겨레》 기자가 수사 정보와 관련해 내게 이것저것 물어본 것은 사실이지만, 나는 내가 그런 질문에 대답할 지위에 있지 않다는 사실을 잘 알고 있었다. 그래서 불가피하게 박절하게 대했는데, 억울한 누명이 내게 씌어진 것이다. 아무리 내가 아니라고 억울하다고 항변해도 다수의 사람들은 내 말을 순순히 믿는 눈치가 아니었다. 나중에 어떤 경로로 수사 정보가 누출되었는지 판명되어 내 억울함은 해소되었지만, 편견이라는 게 참 무섭다는 것을 실감했다.

대통령 부부
조사 여부에
관한 논쟁

　특검팀에 참여한 검사들과 특별수사관들의 이해관계가 상반되고, 상호간 불신이 있을 수밖에 없다는 현실을 잘 알고 있는 특별검사는 한편으로는 서로간의 벽을 허물게 만드는 노력을 경주하고, 다른 한편으로는 첨예한 논쟁거리에 대해 중립적인 입장에서 사회를 보며 특검팀 내부의 토론을 유도했다.

　수사 방식과 관련해 가장 논쟁이 되었던 것은 이시형 명의로 내곡동 부지를 사게 된 경위에 대해 김윤옥 여사를 소환조사할 것이냐 서면조사로 그칠 것이냐, 내곡동 부지를 싼 값에 사게 된 경위와 관련해 이명박 대통령을 서면 또는 소환조사할 것이냐 말 것이냐 하는 것이었다. 검사들의 의견이야 어느 정도 예상되었지만 특별수사관들의 의견은 사람에 따라 갈렸다. 나는 어느 편이었을까.

나는 철저히 실용주의적 관점에 섰다. 현직 대통령을 조사해 추가로 밝혀낼 사실관계가 있다면, 영부인을 소환조사해 추가로 밝혀낼 사실관계가 있다면 하고 그런 것이 없고 변죽만 울리고 모욕 주기에 그칠 것이라면 하지 말자는 입장이었다. 수사와 재판은 증거로 하는 것이지 심증과 여론으로 하는 것이 아니잖은가.

결국 특검팀은 2차에 걸친 이시형 소환조사 등 강도 높은 수사를 통해 구체적 사실관계를 파악한 상태에서 영부인 서면조사를 먼저 실시했고, 영부인 서면조사 결과 및 다른 증거들을 종합했을 때 추가 조사를 한다고 해서 새로운 사실관계가 나올 것이 없다는 결론에 합의했다. 그래서 영부인에 대한 직접적인 소환조사나 대통령에 대한 조사는 이루어지지 않았다.

물론 '경호처에서 알아서 했고 나는 보고만 받았으므로 구체적인 상황을 모른다'는 답변으로 일관할 것이 예상되는 대통령을 소환조사해 강하게 추궁하고, 이러저러한 사실관계에 의할 때 대통령의 모르쇠 주장은 납득하기 어렵다는 식의 언론플레이를 하는 것도 한 방법일 수 있었다. 그런 것이 이른바 여론에 의존하는 모욕 주기 수사다. 그 경우 대통령의 열혈 반대자들에게는 열광적 환호를 받겠지만, 그것 말고 뭐가 남는가. 모욕 주기 수사는 그 자체로도 자제되어야 마땅하지만, 특히 그 대상이 대통령인 경우에는 국가의 품격까지 고려해 더더욱 자제되어야 한다는 것이 내 생각이다. 대통령에 대한 열혈 지지자와 열혈 반대자 간의 적대감을 부추기는 것 외에 어떤 성과도 거두지 못하는 수사는 국론을 분열시키고 결국 사회의 선진화를 가로막는다.

증여세
추징 통보 및
기소

　무엇보다 특검 기간 내내 가장 중요한 논쟁거리는 누구를 어떤
죄로 기소할 것이냐에 관한 것이었다. 즉 ①내곡동 부지 매입에 관
여한 경호처장 등을 업무상배임죄로 기소할 수 있느냐, 그리고 대통
령은 이에 대해 어떤 법적 책임을 지느냐 하는 것과, ②대통령 부부
가 이시형 명의로 내곡동 부지 및 건물을 매입한 행위가 증여세 회
피를 위한 것이냐 불법적 명의신탁에 해당하느냐 하는 것이었다.
　편의상 후자를 먼저 설명하면, 야권은 처음에는 대통령 부부가
증여세 회피 목적으로 아들 명의로 내곡동 부지를 매입했다고 공격
했고, 대부분의 사람들이 그렇게 생각했다. 그런데 대통령 본인이 문
제를 크게 만들었다. 대통령은 자신이 편법 증여를 하지 않았다면서

"여러 가지 사정상 일단 아들 명의로 부지 매입을 한 후 나중에 다시 아들로부터 명의를 이전받으려 했다. 따라서 아들에게 증여를 하려 한 것이 아니다"라고 기발한 해명을 했다. 그러자 야권은 만약 그 해명이 사실이라면 불법적 명의신탁을 한 것이라고 공격했고, 이런 경위로 대통령 일가의 명의신탁 여부도 특검의 수사 대상이 되었다.

이 문제에 관한 한 검사들과 특별수사관들 사이에서는 큰 이견이 없었다. 특검팀이 밝혀낸 여러 가지 사실관계에 의할 때 대통령 부부는 내곡동 부지를 아들 이시형에게 증여할 의사를 가지고 이시형 명의로 매입한 것으로 판단되었고, 이런 사안에서 대통령 일가를 불법적 명의신탁을 했다는 이유로 기소하면 무죄가 선고된다는 취지의 판례가 있었기 때문이다. 대신 특검은 국세청에 대통령 가족에게 증여세를 추징하도록 통보했다(나중에 증여세가 모두 추징되었다는 사실까지 확인되었으니 특검은 '비정상의 정상화'를 이루어냈다고 할 수 있다).

반면 전자의 쟁점은 끝까지 검사들과 특별수사관들 사이에서 이견이 좁혀지지 않았고, 결국 특별검사가 경호처장 등을 업무상배임죄로 기소했을 때 무죄가 날 가능성이 없다고 확신하는 사람들의 견해를 채택하여 기소하기로 했다. 특검팀의 수사 활동을 증거 조작을 통해 노골적으로 방해한 경호처 직원들도 공문서변조죄 등으로 기소하기로 했다. 치열한 논쟁 끝에 이런 결론이 내려지자 검사들도 공소제기에 협조했다.

경호처장의 배임 행위에 대통령이 관여한 행위에 대한 형사적 책임을 묻는 것은 현행 헌법상 대통령 퇴임 후에나 가능한 일이었으므로 특검팀으로서는 이에 대해서는 유보할 수밖에 없었는데, 개인적으로는 심증은 있으되 물증이 없는 전형적인 사례가 아니었던가 싶다. 여하튼 이명박 대통령 퇴임 후 참여연대가 업무상배임죄의 방조범으로 이명박 전 대통령을 형사고발했는데, 검찰은 방조죄에 대해서도 불기소처분을 했다. 나는 개인적으로 검찰의 불기소처분이 적정한 것인지 의구심을 가지고 있지만, 그런 의구심을 가지고 있다 한들 한낱 방조범에 대해 막대한 세금을 들여 또 다시 특검을 실시할 수는 없지 않은가.

공판 과정

    한 달의 수사가 끝나 특검팀이 해체된 후 모두 자기의 자리로 돌아갔고, 특별검사와 특별검사보 2인, 이들을 보좌할 특별수사관 2인만 남아 재판을 준비했다. 만약 법원에서 우리의 기소가 무리한 기소였다고 확인된다면, 즉 무죄 선고가 난다면 나를 포함해 기소를 강하게 주장했던 사람들의 무능함과 특검 도입을 강하게 주장했던 민주통합당의 과욕에 대한 보수 진영의 파상공세가 예상되었으므로 한순간도 방심할 수 없었다. 게다가 상대는 청와대 경호처라는 거대 조직이 아닌가.

    이시형이 기소되지 않았기 때문인지는 몰라도 공판 과정에 대한 언론의 취재는 수사 과정 취재만큼 치열하지 않았다. 그러나 유죄를 주장하는 특별검사 측과 무죄를 주장하는 피고인 측의 공방은 수사 과정에서보다 훨씬 치열하게 전개되었다. 그 결과 제1심에서는 일부 유죄, 일부 무죄가 선고되었으나, 제2심에서는 모두 유죄가 선고되었고, 대법원에서도 모두 유죄가 확정되었다.

제1, 2, 3심에서 모두 유죄가 선고된 내용을 쉽게 설명하면 '경호처 직원들이 내곡동 부지를 매입할 때 대통령 사저 부지와 경호시설 부지를 구분해 각 부지별로 감정가에 따라 매입해야 함에도 불구하고, 내곡동 부지를 한꺼번에 매입하면서 대통령 사저 부지는 감정가보다 훨씬 싸게, 경호시설 부지는 감정가보다 훨씬 비싸게 매입하는 방식으로 이시형에게는 이익을 주고, 국가에는 손해를 끼쳤다'는 것이다. 제1심에서 일부 무죄가 선고되었다가 제2, 3심에서 유죄가 선고된 내용을 쉽게 설명하면, '경호처 직원들이 특검 수사를 방해할 목적으로 내곡동 부지 매입 과정에 관한 공문서를 변조하였다'는 것이다.

이렇듯 내곡동 사저 특검이 기소한 내용이 모두 법원에서 유죄로 인정됨으로써, 내곡동 사저 특검은 불필요한 수사 및 무리한 기소를 한 것이 아니라는 점이 증명되었다. 그래서 법조계에서는 이 특검을 성공한 특검이라고 평가하는 것이다.

특검은
만병통치약이
아니다

그렇다면 실패한 특검팀들에 대해서는 어떻게 보아야 할까. 이 문제는 실패한 특검팀들이 왜 실패했는지를 분석하는 것에서 접근해야 한다. 복잡한 문제이긴 하지만 실패한 특검팀 유형을 단순하게 나누면, 첫째 유형은 철저한 수사를 할 의지나 능력이 없는 인물이 특별검사로 임명되었기 때문이고(수사 주체의 부적절), 둘째 유형은 사안의 성격상 특검팀이 별다른 성과를 내기 어려운 사안임에도 특검팀을 꾸렸기 때문이다(수사 대상의 부적절).

먼저 수사 주체에 관하여 본다면, 정권의 눈치를 보지 않고 공명정대하게 수사할 수 있는 인물이 특별검사로 임명되는 것이 중요하다. 대통령-법무부장관-검찰총장-간부 검사-평검사로 이어지

는 인사권 구조 하에서는 검사들이 정권의 눈치를 보지 않고 공명정
대하게 수사하기를 기대하기 어려운 사안이 있기 마련이다. 그럴 경
우 특별검사가 필요하기 때문에 특별검사는 정권에 호의적이지 않
은 인물이 맡아야 실효성이 있다. 그런 의미에서 내곡동 사저 특검
처럼 특별검사를 야당이 추천하는 것은 상당히 바람직한 일이다.

　이에 대해서는 정권에 적대감을 가진 특별검사가 무리한 수사
를 해서 정권에 흠집 내기 수사를 강행할 경우의 부작용이 우려된다
는 반론이 있을 수 있다. 그러나 현재 우리 국민들의 의식 수준은 무
리한 수사나 기소를 한 특별검사 및 그를 특별검사로 추천한 야당을
심판할 정도의 수준은 된다고 생각한다. 광우병 파동을 보도한 MBC
〈피디수첩〉 기자들에 대한 무리한 수사 및 기소, 박원순 시장에 대
한 무리한 수사 및 기소가 오히려 여론의 역풍을 맞았던 사례가 이
를 증명해 준다. 따라서 특별검사 추천권을 가진 야당도, 야당에 의
해 추천된 특별검사도 무리한 수사나 기소를 할 가능성은 낮고, 설
령 무리한 수사나 기소를 강행해 일부 흠집이 난다 해도 그로 인해
정권이 정치적으로 손해를 보지는 않는다.

　한 가지 더 말하면, 수사 의지와 수사 능력은 다른 차원의 것이
다. 고로 수사 의지만 충만하다고 해서 반드시 좋은 성과를 낼 수 있
는 것은 아니다. 앞에서도 언급한 바와 같이, 특별검사는 파견 검사

들을 잘 통솔하거나, 그것이 어렵다고 판단되면 파견 검사들의 도움 없이도 수사를 매끄럽게 진행할 수 있는 방안을 도출해 낼 능력이 있어야 한다. 그럴 자신이 없다면 특별검사직을 고사해야 마땅하다.

다음으로 수사 대상에 관하여 본다면, 특별검사는 정권의 인사권에서 자유롭다는 점을 제외하고는 일반 검사와 다를 바가 없다. 따라서 일반 검사가 열심히 수사해 밝혀내기 어려운 문제는 특별검사도 밝혀내기 어렵다. 특히 특별검사는 수사 대상과 수사 기한이 한정되어 있고, 이미 여론화된 사건의 피의자는 수사에 대비한 증거 인멸 등을 나름대로 철저히 해놓은 상태에서 수사를 받아들이기 때문에 더 어려움을 겪게 된다. 따라서 아무 사안에나 특검을 도입할 일이 아니며, 의혹이 있다 하더라도 특검을 도입해도 별 성과를 거두기 어렵다고 판단되는 사안에 대해서는 특검을 도입해 괜히 면죄부만 주느니 차라리 특검을 도입하지 않는 것이 나을 수도 있다.

철저한 진상규명과
특검과의 관계

내곡동 사저 특검이 내곡동 부지 매입과 관련해 세간에서 제기된 모든 의혹을 철저히 규명했다고는 볼 수 없다. 한 달이라는 짧은 수사기간 동안 남김 없는 진상규명을 한다는 것은 불가능했고, 이는 수사기한이 보름 정도 연장되었다고 해도 마찬가지다. 그러나 굵직굵직한 의혹 중 사실이 아닌 부분과 사실인 부분을 가려낼 정도의 진상규명은 했고, 그 결과 기소할 부분을 가려내 기소했다. 진상규명의 가장 핵심적인 수단은 강제수사권이었다. 법원이 발부해 준 압수수색영장이 있었기에 진상규명이 가능했다.

역으로 생각하면, 법원이 영장을 발부해 주지 않으면 진상규명에서 특검이라는 수사기관이 큰 효용을 가지기 어렵다. 체포와 구속 및 압수수색 영장이 발부되지 않는다면 특검은 다른 조직과 별 차이가 없다. 문제는 영장을 발부하는 주체가 법원의 판사고, 판사는 범죄의 혐의가 있을 때만 영장을 발부하도록 훈련된 사람들이라는 사실이다. 이 점을 간과하면 안 된다.

이 이야기를 하는 이유는 내가 세월호 사건의 철저한 진상규명과 관련해 특검이라는 조직이 얼마만큼의 효용성을 가질지에 관해 의문을 가지고 있기 때문이다. 일각에서는 박 대통령의 7시간 동안의 행적을 밝혀내기 위해 특검이 필요하다고 주장하지만, 박 대통령의 7시간 동안의 행적이 수사 대상이 된다고 생각하는 판사를 나는 아직까지 만나보지 못했다.

정치적·도의적 책임의 문제와 법적 책임의 문제는 다르고, 법적 책임 중에서도 민사적 책임의 문제와 형사적 책임의 문제는 다르기 때문이다. 그렇다면 법원은 영장을 발부하지 않는다. 진보진영이 이 점을 간과하는 바람에 세월호 사건의 철저한 진상규명과 관련해 좀더 유연하게 대처하는 데 실패하지 않았나 하는 아쉬움을 나는 가지고 있다.

박 대통령의 7시간 동안의 행적을 제외한 나머지 의혹들에 대해서는 어떤가. 내가 보기에 세월호 사건과 관련해 형사처벌의 대상이 될 만한 사람들은 대부분 수사선상에 올랐고, 과잉 처벌되었다.

책임자 처벌을 요구하는 여론에 맞추어 청와대는 검찰에 강경한 대응을 요구했고, 검찰은 검찰 전체 역량의 상당 부분을 집중 투입해 마녀사냥에 나섰으며, 법원 역시 여론에 편승해 영장을 마구잡이로 발부했다. 오죽했으면 구속 기소되었다가 재판을 거쳐 무죄가 선고된 억울한 이들이 생겨나게 되었을까.

이런 사안에서 특검이라는 수사기관의 효용성이 얼마나 있을지 의문이다. 수사가 미진할 경우 실시하는 것이 특검인데 이미 수사가 과잉된 사안에서 특검의 효용성이 얼마나 있겠는가. 조심스레 예측하건대, 세월호 사건과 관련한 특검은 지금까지의 수사 및 재판 과정에서 밝혀진 큰 그림을 벗어나지 못하는 선에서 극히 일부 쟁점에 국한해서만 유의미한 성과를 낼 수 있을 것이다(예컨대 해경 관계자 중 기소되는 사람이 늘어날 가능성이 있다). 나는 구체적인 특검 구성 문제가 핵심적인 문제인 양 사활을 건 비타협적 투쟁을 하는 바람에 불필요한 시간 낭비를 하고 결국 세월호 사건을 진영간 대결로 협소화시켜 버린 결과를 초래한 일부 야당 정치인들의 짧은 안목에 커다란 고통을 느꼈다.

세월호 사건을 계기로 이윤 중심 사회에 대한 근본적인 성찰이 이루어지고 앞으로 비슷한 재난이 되풀이되지 않도록 사회가 변화되기를 염원했던 많은 정직하고 평범한 사람들에게 피로감과 좌절

감을 안겨준 한편에 강퍅하고 야멸찬, 무책임한 대통령이 있었다면 그 대척점에는 대통령에 대한 정치적 증오심에 눈 멀어 유연하고 생산적인 안목을 상실한 일부 야당 정치인들이 있었다.

몇 가지
에피소드

하나, 특검 과정에서 모 검찰수사관과 친해지게 되었는데, 공판 진행 중이던 어느 날 그가 내게 전화를 걸어 재판이 잘 되어가는지를 물었다. 내가 "그 분들 나름대로 열심히 무죄를 다투고 계신다"고 답변했더니 나중에 문자메시지를 통해 크게 깨달은 것이 있다고 고백했다. 자기는 '그놈들'이라고 생각하고 있었는데 내가 '그 분들'이라고 해서 놀랐다는 것이다. 그야 연세도 많고 한 분야에서 일가를 이룬 분들인데 당연한 것 아니냐고 했더니 자기는 미처 그런 생각을 하지 못했다고 했다. 수사기관에 오래 있다 보면 죄와 죄인을 구분해 사고하지 못할 가능성이 있는 것 같다. 영화 〈넘버3〉의 마동팔 검사는 "솔직히 죄가 무슨 죄가 있어? 그 죄를 저지르는 X같은 새끼들이 나쁜 거지"라는 불후의 명언(?)을 남겼지만, 그럼에도 불구하고 죄는 미워해도 사람은 미워하면 안 되는 경우가 있다.

둘, 경호처에서 내곡동 부지를 매입하는 과정에는 형사상 범죄 행위에는 해당되지 않지만 상식상 납득하기 어려운 행위를 한 사람들이 많이 개입되어 있었다. 그들은 자신의 행위를 정당화하기 위해 거짓 변명을 했다. 그 결과 그들은 피의자가 아니라 참고인 자격으로 조사받았음에도 불구하고 심한 추궁을 당했다. 그 과정에서 나는 만약 수사기관이 절제력을 상실하고 '갑'질을 하기 시작하면 참 무섭겠구나 하는 걸 느꼈다. 수사하는 사람, 예컨대 검사가 시시콜콜한 개인적인 의문을 풀기 위해 피의자나 참고인을 시시때때로 소환하고 정보의 우위력을 바탕으로 본질에서 벗어난 불필요한 질문을 하면 피의자나 참고인이 입는 정신적 피해가 이루 말할 수 없겠구나, 가끔씩 검찰총장이 품위 있는 수사, 절제된 수사를 하라는 지침을 내리는 이유가 이런 데 있구나 하는 것을 알게 되었다.

셋, 내곡동 사저 특검 활동은 '일이 되게 만드는 리더십'이란 무엇인가에 관해 생각해 보는 좋은 계기가 되었다. 특검이라는 게 통상적으로 이해관계가 상반되는 이질적인 집단으로 구성되게 되어 있는데, 그렇다면 이질적인 집단을 어떻게 통솔해 일이 되게 할 것인가 하는 문제를 특별검사가 고민하고 해결해야 한다. 특별검사가 자기의 주장을 선명하게 드러내면서 특검 구성원들에게 따를 것을 강요하는 순간, 그 특검은 전체 역량의 반쪽만큼만 발휘될 수밖에 없고, 따라서 성과도 반쪽만큼만 나온다. 결국 특별검사가 할 일은 자기의 명령에 따르지 않는 구성원들을 비난하고 편 가르기를 하는 게 아니라 이질적인 구성원들 사이의 불신을 해소하고 이들을 융합시킬 방안을 모색하는 일인 것이다. 경우에 따라서는 100점 만점짜리 정답을 찾아내는 지식보다 80점 이상의 고득점을 얻기 위한 해법을 찾는 지혜가 더 필요할 때가 있다. 그러기 위해서는 일정 부분 상호 양보와 타협을 도출해 내는 조정의 리더십이 중요하다.

'누구 때문에, 무엇 때문에' 실패했다고 변명하는 리더보다 '누구 덕분에, 무엇 덕분에' 성공할 수 있었다며 감사해하는 리더가 많이 나왔으면 좋겠다.

6장

소소한 생각들

첫째가 묘사한 잔소리하는 엄마. 말풍선 내용은 다음과 같다.
"양치해" "흥!" "빨리 양치해!" "진짜 하기 싫은데." "(칫솔 들고) 자!" "싫어!"
"거기 서!" "으악!"

사람이
중요하다

흔들리며 피는 꽃

흔들리지 않고 피는 꽃이 어디 있으랴

이 세상 그 어떤 아름다운 꽃들도

다 흔들리면서 피었나니

흔들리면서 줄기를 곧게 세웠나니

흔들리지 않고 가는 사람이 어디 있으랴

젖지 않고 피는 꽃이 어디 있으랴

이 세상 그 어떤 빛나는 꽃들도

다 젖으며 젖으며 피었나니

바람과 비에 젖으며 꽃잎 따뜻하게 피웠나니

젖지 않고 가는 삶이 어디 있으랴

나는 도종환 시인의 '흔들리며 피는 꽃'과 '담쟁이'라는 시를 신영복 선생의 《감옥으로부터의 사색》이라는 산문집과 같은 반열에 놓는다. 따스하고 울림 있는 통찰력이 돋보인다는 점에서…….

이명박 정부 시절, 도종환 시인이 민주통합당 국회의원이 된 후 한국교육과정평가원이 중학교 교과서에 실려 있던 이 시를 삭제할 것을 권고하는, 소위 도종환 파동이 있었다. 그때 예상치 못한 참신한 광경을 목도했다. 바로 소설가 이문열 씨가 한국교육과정평가원의 옹졸함에 반대하는 성명에 동참한 것이다.

이문열이 누구인가. 우리 사회에서 둘째가라면 서운해할 보수 문인 아닌가. 그런데 그가 정치적으로 반대 입장을 가진 도종환 시인을 옹호하는 대열에 흔쾌히 동참하다니. 아마도 정치적 입장이 다른 이문열 씨도 도종환 시인의 사람됨과 시의 작품성에 대해 높이 평가했기 때문이 아닐까 싶다.

똑같은 말을 해도 누가 하느냐에 따라 설득력이 다르고, 똑같은 짓을 해도 누가 하느냐에 따라 평가가 달라지는 경우를 우리는 흔히

본다. 그러므로 공적인 일을 하고자 하는 사람이라면 평소 주위 사람들에게 신망을 얻기 위해 노력해야 할 것이다. 결국 사람이 중요하다.

흔들리는 꽃을 소개한 후 흔들리는 마음을 잡기 위해 '취객'이라는 제목으로 인터넷에 떠도는 유머 하나 소개한다.

늦은 밤 어떤 중년 신사가 술에 취해 길에서 볼 일을 보려고 전봇대 앞에 섰다. 신사가 몸을 가누지 못해 쩔쩔매자 지나가던 청년이 말했다.
"아저씨, 제가 좀 도와드릴까요?"
신사는 청년에게 기특하다는 듯 말했다.
"나는 괜찮으니 흔들리는 전봇대나 좀 잡아주게."

키 작은 남자도
살 길이 있다

　나는 남자 키가 180센티미터가 못 되면 '루저'라고 생각하는 여성이 있다는 소식을 인터넷을 통해 접하고 그야말로 '깜놀' 했다. 간신히 160대에 턱걸이한 나 같은 사람은 어쩌란 말인가.

　그러던 차에 '키 작은 남자, 결혼은 못해도 했다 하면 오래 간다… 이유는?'이라는 2014년 8월 29일자 《경향신문》 기사가 눈에 띄어 눈에 쌍심지를 켜고 읽어보았다. 키 작은 남자와 결혼하면 결혼 생활이 더 오래간다, 키가 작은 사람들은 키가 평균이거나 큰 사람들에 비해 이혼율이 32퍼센트나 낮으며, 아내보다 돈을 잘 벌고 집안일도 더 하는 경향이 있는 것으로 나타났다는 연구 결과를 볼 때까지만 해도 키 작은 남자에게 유리한 기사인 줄 알았는데….

키가 작은 남자들은 높은 수입으로 보충을 하는 반면, 키 큰 남자들은 상대적으로 더 높은 수입을 얻는 여성을 유혹하는 경향이 있다거나, 키 작은 사람들은 키 큰 사람들보다 집안일에 더 많은 시간을 할애하는 것을 발견했다는 연구 결과(집안일을 하는 시간의 경우 키 작은 사람은 8시간 28분인 반면 키가 보통인 사람은 7시간 38분, 키가 큰 사람은 7시간 30분이었다나 어쨌다나)를 보고 좀 짜증이 났다.

　키 작은 남자들은 결혼을 덜 하는 것으로 나타났다는 연구 결과와, "키가 작은 사람들은 덜 남성적으로 보이기 때문에 결혼하는 데 더 어려움을 겪을 수 있다"는 연구자의 설명을 보고는 아예 기분이 확 가버렸다. '음, 이건 키 작은 남자를 울리는 기사군.'

　그런데 정신을 차리고 냉정하게 생각해 보니 기사 내용은 키 작은 남자를 울리는 것도 북돋우는 것도 아닌, 있는 그대로의 현실과 일치하는 내용이었다. 뿐만 아니라 내 작은 키가 우리 부부의 협업에 좋은 영향을 끼친 것이 사실이라면 내 키에 자부심을 가져도 되겠다고 생각했다. 상대가 없으면 죽고 못 살 것처럼 애정이 샘솟다가도 사소한 말 한 마디에 마음 상해 서먹해지기를 반복하고, 한 발짝씩 물러서면 금세 사이가 풀릴 것 같은데 서로가 그걸 못해 앙앙거리는 것이 부부 사이다. 그런데 그 어려운 결혼생활을 원활히 풀어나갈 수 있는 선천적 신체 조건을 타고났다고 하니 말이다!

요즘 하도 외모를 중시하는 세상이 되다 보니 키를 인위적으로 키우려는 시도도 많이 하는 것 같은데, 나중에 나이 먹으면 그게 탈이 된다. 그럴 시간에 키 작은 단점을 만회할 노력을 하는 것이 더 낫지 않을까? 세상이 공평한 게, 키 작은 사람들에게는 또 나름대로의 장점이 있다. 관절이 튼튼해서 상대적으로 키 큰 사람들에 비해 허리질환 등을 앓지 않는다. 이 점에 관한 통계가 나와 있는지는 잘 모르겠지만, 내 주변에서 40대 중반 이후 허리질환으로 골골하는 사람들은 대부분 키가 큰 사람들이다.

일본의 전설적인 기업가 마쓰시타 고노스케는 어렸을 때부터 가난했기 때문에 부지런함을 익혔고, 몸이 허약했기 때문에 남에게 일을 부탁하는 법을 배웠고, 학력이 모자랐기 때문에 항상 남에게 가르침을 구했다고 한다. 이처럼 열악한 조건을 오히려 기회로 만드는 자세가 사람을 알짜배기로 만든다.

노력하면
누구나 야한 남편이
될 수 있다

국화야 너는 어이 삼월춘풍 다 지나고

낙목한천에 네 홀로 피었나니

아마도 오상고절은 너뿐인가 하노라.

학창 시절 교과서에 실렸던, 국화의 고고한 절개를 노래한 조선 문인 이정보의 시조다. 판서와 대제학을 지낸 당대의 인물이었던 그가 쓴 다른 시조에는 이런 것도 있단다.

어젯밤 자고 간 그놈, 아마도 못 잊을 거야.

기와장이 아들이었나 마치 진흙을 반죽하듯이,

뱃사공의 손재주였나 마치 노 젓듯 하듯이,

두더지의 아들이었나 마치 곳곳을 파헤치듯이,

평생에 처음이요 마음이 야릇해지더라.

그간 나도 겪을 만큼 겪었으니,

정말 맹세하건데 어젯밤 그놈은 차마 못 잊을 거야.

그런데 많은 남편들이 자기 노력에 따라 아내에게 '어젯밤 그
놈' 소리를 들을 수 있다는 사실을 잘 몰라서 그런지 '어젯밤 그놈'
소리를 듣기 위한 노력을 잘 하지 않는 것 같다. 대신 결혼 후 후덕해
진 몸매를 행복한 결혼생활의 상징이라 자랑하며 "아내는 결혼한 사
이니까 가족이지? 가족끼리 그걸 하면 근친상간이잖아. 그러니까 아
내와 하면 근친상간이지"라느니 '속궁합이 안 맞는다'느니 하는 말
을 입에 달고 산다.

그러나 부부는 어디까지나 이성異性이다. 따라서 상대방에게 성
적 매력을 계속해서 줄 필요가 있고, 긴장관계를 유지할 필요가 있
다.

2014년 10월 8일자《뉴시스》기사에 따르면, 호주의 한 천주교
신자 부부가 교황을 비롯한 200여 명의 고위 성직자를 대상으로 비
공개로 열린 특강에서 자신들의 55년 간 결혼생활을 유지한 비결이

성적 매력임을 강조하며 "전화 통화, 연애편지 쓰기, 상대를 위한 하루 계획 세우기, 상대에게 친밀감 표현하기 등 상대를 위해 작은 일을 해주는 것 등이 비결"이고 "그리스도 중심의 관계 속에서 우리 부부의 신성한 관계를 구분 짓는 유일한 특징은 성적 친밀감이고 결혼생활은 성적 성찬이고 성관계할 때 최대한 감정을 표현하는 것이란 사실을 점점 깨닫게 됐다"고 밝혔다. 교황을 대상으로 특강을 했을 정도라면 부부간 성생활이 중요하다는 점을 인정받았음을 알 수 있다. 그리고 그 내용인즉, 변강쇠 같은 남편이 아니라도 얼마든 '어젯밤 그놈'이 될 수 있다는 것이다.

속궁합이 안 맞아서 안 된다는 타령은 그만 하자. 전문가들은 속궁합도 맞춰가는 것이라고 이구동성으로 이야기한다. 남성들의 경우 포르노에 길들여져 왜곡된 성 지식을 많이 가지고 있는데, 편견을 깨기 위해 아내와 함께 구성애 등 여성들의 강의를 들어보는 것도 좋을 것 같다. 개인적으로는 이형훈의 《성오륜서》를 아내와 함께 읽어보기를 권한다. 노력하면 누구나 야한 남편이 될 수 있다.

'중박' 시대에는
건강이 최고다

대박 나는 삶과 쪽박 차는 삶의 중간 즈음에 '중박'의 삶이 있다. 모두가 경쟁적으로 대박 나는 삶을 꿈꾸는 것이 무모해 보이는 저성장 노령화 시대에 국가는 국민의, 개인은 스스로의 비록 화려하지는 않지만 행복한 중박의 삶을 설계하는 것은 미룰 수 없는 과제다. 이른바 중박 시대를 향한 준비를 해야 하는 것이다. 중박의 삶을 추구하는 사람에게는 꾸준한 건강만큼 중요한 것이 없다. 인생 이모작이고 삼모작이고 간에 건강이 뒷받침되어야 가능한 것 아니겠는가.

나는 오래 살고 싶은 생각은 없지만 살아 있는 동안만큼은 건강하게 살고 싶다는 생각을 오래전부터 해왔다. 그래서 몇 가지 실천을 하고 있다.

우선 아침에 일어나면 맨손체조 및 스트레칭을 한다. 옛날 초등학생 시절에 학교에서 강제로 시켰던, 그래서 마지못해 했던 국민체조가 내용 면에서는 얼마나 몸에 좋은 운동인지 모른다. 그래서 지금은 자발적으로 한다. 하루 10분 투자로 근육을 풀어준 후 일상생활을 시작하면 부상의 위험이 줄어든다.

그리고 출퇴근은 대중교통으로 하고, 웬만한 거리는 걸어 다닌다. 대학생 시절 읽었던 책에 고 정주영 회장이 건강을 위해 나이가 들어서도 약 한 시간 거리를 걸어서 출근했다는 내용이 있었는데, 그때 이후 나도 실천하기 시작해 이제 아이들에게까지 전파했다. 가까운 거리조차 차를 이용하는 습관이 들기 시작하면 몸이 게을러지고 결국 똥배만 나온다.

한 가지 더. 우리 식구들만 있을 때는 우리 집이나 우리 차에는 냉난방 장치를 거의 작동시키지 않는다. 더우면 더운 대로 자연적인 방식으로 더위를 견뎌내고, 추우면 추운 대로 자연적인 방식으로 추위를 견뎌낸다. 냉난방기에 의존하는 것이 버릇이 되면 몸이 자연을 견뎌내는 힘이 떨어질 것이 분명하기 때문이다. 어려서부터 몸의 면역력을 강화시켜 주는 것이 건강에 좋다.

개인의 건강과 떼어놓을 수 없는 것이 바로 환경 문제다. 관악산 근처로 이사 오기 전 매년 최소 1회 독감에 걸렸던 나는 관악산 근처로 이사 온 후 6년 동안 한 번도 독감에 걸리지 않으면서 환경과 건강의 상관관계를 몸으로 느끼고 있다. 그래서 가급적 모든 면에서 친환경적인 생활을 하려고 노력한다. 차를 잘 이용하지도 않는 편이지만, 꼭 필요할 때면 결혼 후 한 번도 바꾼 적 없는 작은 경차를 이용한다.

변호사와 경차, 한국 사회에서 뭔가 잘 어울리지 않는 조합이지만 환경이라는 가치를 중시한다면 어울리지 않을 것도 없다. 더우기 차 유지비가 적게 드는 만큼 남들에게 맛있는 밥과 술을 사 인심을 얻을 수 있다는 장점까지 덤으로 얹힌다. 경차 운전자를 무시하는 사회 풍조에서 비롯되는 약간의 불편함만 감수하면 될 일이다.

나무젓가락이나 종이컵 등 일회용품을 우리 집에서 사용하는 일은 거의 없으며, 머리 감을 때 샴푸도 쓰지 않았는데 몇년 전 사정이 있어 파마를 시작하면서 지금은 불가피하게 샴푸를 쓰고 있다. 설거지할 때는 세제 대신 혹은 세제와 더불어 쌀뜨물을 사용한다. 이 모든 것은 환경주의자인 아내에게 배운 것이다.

가화만사성家和萬事成이라고 했던가. 아이들이 신체적으로 일정 정도 성장하고 정신적으로도 건강하게 성장해 가족이 무탈하니 이렇게 책을 쓸 여유도 생기고 참 좋다. 구김살 없이 뛰어노는 아이들의 성장 과정을 지켜보면서, 나는 마음속으로 어렸을 때부터 과도한 경쟁에 찌들지 않고 어린이다움을 유지하며 살아도 손해 보지 않는 세상을 만들어주겠다는 소박한 다짐을 수시로 했었는데, 이 책은 그 다짐을 공개적으로 하는 수단으로 쓰였다.

나는 우리 사회에서 가장 불공평한 대우를 받는 계층이 자녀가 있는 맞벌이 여성이라고 생각한다. 이들은 일도 잘해야 하고, 애도 잘 키워야 하며, 외조도 잘해야 한다. 셋 중 어느 하나 만만한 게 없건만 셋 중 하나라도 잘못한다 싶으면 곧바로 비난의 대상이 되는 사회에 우리는 살고 있다. 이것은 정의롭지 못하다. 정의롭지 못할 뿐만 아니라 '웃는 엄마' 대신 '찡그리는 엄마'를 양산해 사회 전체의 행복지수를 낮게 만든다. 진정 행복한 사회, 행복한 가정을 염원한다면 이제부터라도 '웃는 엄마' 만들기 프로젝트에 돌입하자라는 얘기도 하고 싶었다.

《진짜 채소는 그렇게 푸르지 않다》는 제목의 책이 있다. 나는 진짜 진보는 그렇게 강경하지 않다고 생각한다. 우리 모두가 아는 솔로몬의 지혜 우화는 솔로몬의 지혜로움 못지않게 진짜 엄마의 아기에 대한 진정한 사랑이 무엇인지를 일깨워준다. 아기가 죽는 것만큼은 도저히 참을 수 없었던 진짜 엄마가 눈물을 머금고 가짜 엄마와 타협했던 것처럼, 불공평한 세상이 그대로 유지되는 것만큼은 도저히 참을 수 없다고 생각하는 진짜 진보는 세상을 바꾸기 위해서라면 보수와 타협할 수 있어야 한다고 나는 생각한다.

강준만 교수는 《강남좌파》에서 "진정한 소통을 열망하는 사람은 의외로 많다. (⋯) 그러나 이들은 파편화돼 있으며, 조직화되기 어렵다. (⋯) 정치에서 아무런 사적인 이익을 취하지 않으면서 소통을 열망하는 소통파를 어떻게 조직할 것인가, 이게 우리에게 남겨진 숙제다"라고 탁월한 지적을 했다. 나는 이 숙제를 하고 싶다.

위와 같은 소통파가 추구하는 것은 아마도 공공선公共善일 것이고, 공공선이 실현되려면 상반된 이해관계를 가진 사회 구성원들의 통합이 중요하다. 그리고 상반된 이해관계를 가진 구성원들이 잘 통합되려면 이중잣대가 사라져야 한다. 이런 문제의식이 이 책을 관통하고 있다는 점을 감지한 독자라면 나의 생각을 잘 읽은 것이다.